WYATTS VORSATZ

RED LODGE BÄREN - 6

KAYLA GABRIEL

Wyatts Vorsatz
Copyright © 2020 by Kayla Gabriel

Alle Rechte vorbehalten. Kein Teil dieses Buches darf in irgendeiner Form oder mit irgendwelchen Mitteln ohne ausdrückliche, schriftliche Erlaubnis der Autorin elektronisch, digital oder analog reproduziert oder übertragen werden, einschließlich, aber nicht beschränkt auf, Fotokopieren, Aufzeichnen, Scannen oder Verwendung diverser Datenspeicher- und Abrufsysteme.

Veröffentlicht von Kayla Gabriel als KSA Publishing Consultants, Inc.
Gabriel, Kayla: Wyatts Vorsatz

Coverdesign: Kayla Gabriel
Foto/Bildnachweis: Deposit Photos: liudmilachernetska, valphoto, armastus

Anmerkung des Verlegers: Dieses Buch ist *ausschließlich für erwachsene Leser* bestimmt. Sexuelle Aktivitäten, wie das Hintern versohlen, die in diesem Buch vorkommen, sind reine Fantasien, die für Erwachsene gedacht sind und die weder von der Autorin noch vom Herausgeber befürwortet oder ermutigt werden.

SCHNAPP DIR EIN KOSTENLOSES BUCH!

MELDE DICH FÜR MEINEN NEWSLETTER AN UND ERFAHRE ALS ERSTE(R) VON NEUEN VERÖFFENTLICHUNGEN, KOSTENLOSEN BÜCHERN, RABATTAKTIONEN UND ANDEREN GEWINNSPIELEN.

kostenloseparanormaleromantik.com

1

Wyatt Beran stand im Schatten eines schwach beleuchteten Parkplatzes, den er kaum erkennen konnte. Auf dem Parkplatz standen vielleicht ein Dutzend Autos, ein paar BMWs und Mercedes, die sich in der Menge von abgenutzten Chevy Malibus und ramponierten, kastenförmigen Honda Civics zerstreuten. Das einzige Licht kam von ein paar Straßenlaternen, aber die waren mindestens 900 m entfernt. Wyatt schaute an sich herunter, auf seine Hände und bemerkte, dass seine Finger verschwommen waren, ja sogar schon fast durchsichtig, wenn er sie zu schnell bewegte. Er war da, aber dann war er doch nicht da. Oder war er einfach nur nicht konsequent genug?

„Mist", murmelte er. Er träumte schon wieder, wenn man das überhaupt so nennen konnte. Sein Bruder Luke nannte Wyatts Episoden *Visionen*, aber das schien ein wenig weit hergeholt.

Wyatt atmete tief ein und schaute sich erneut um, er versuchte sich auf etwas zu konzentrieren. Die Autos waren klar genug, der alte Bürgersteig unter seinen Füßen war solide. Andere Details, wichtige Details fehlten noch. Wyatt schaute an den Autos vorbei und in Richtung der Straßenlaternen. Er konnte sie spüren und ihre Lichter spiegelten sich geschickt auf dem Parkplatz, aber die Szene war nur verschwommen. Keine Lampenmasten, kein Bürgersteig, keine wirkliche Straße oder ein Fußgängerweg. Auch keine Geräusche, abgesehen von seinen eigenen Fußschritten, während er sich bewegte. Mit anderen

Worten, es gab keine wirklichen Hinweise darauf, wo genau seine *Vision* stattfand. Wyatt schaute in die andere Richtung. In der Entfernung, wenn er die Augen zusammenkniff, konnte er irgendeine Art von Gebäude ausmachen. Es hatte zumindest ein paar Stockwerke, war aber kein Hochhaus. In einer hellen Farbe vielleicht. Wyatt merkte sich jedes Detail für später. Er lief an den Autos entlang und berührte ein paar, er wusste, er würde sich nicht die Marke und Modelle merken können. Ihr glattes Metall fühlte sich kühl an, das Gefühl, das in dieser stillen, unbewegten Welt aufkam. Wenn der Traum hier nur aufhören würde ...

Er musste nicht lange warten, bis die Handlung ihren Lauf nahm.

Zuerst hörte er ihre Schritte, hörte ihre Flip Flops klackern. Er erinnerte sich jedes Mal an das Detail, wenn er diesen Traum hatte, denn es war lustig, eine weiß gekleidete Ärztin so schick gemacht zu sehen, aber mit Flipflops an den Füßen. Es machte nichts, dass die Ärztin selber ziemlich beeindruckend war, eine atemberaubende, kurvige Frau mit kastanienbraunem Haar und Augen mit der Farbe einer stürmischen See in der Morgendämmerung. Sie sah so jung aus in ihrem weißen Arztkittel und ihrer kleinen Größe, die nicht ganz zur Länge ihres weißen Laborkittels passte und sie aussehen ließ, wie ein Kind, das sich verkleidet hatte.

Wyatt hatte diese Vision jetzt schon ein Dutzend Mal erlebt, oft genug, dass er sich auf jedes Detail konzentriert hatte, er hatte alles aufgesaugt, was er aus ihrem körperlichen Status entnehmen konnte. Dieser Traum war von allen Träumen, die er von der wunderschönen Lucy Summers hatte, Wyatts zweit liebster, schätzte er.

Wyatt schüttelte sich und versuchte sich wieder zu konzentrieren. Wo war er? Ah ja. Lucy näherte sich.

Klick, klack, klick, klack.

Sie kam in sein Blickfeld, vollständig geformt und perfekt detailliert. Ihr Kopf war nach unten gebeugt, ihr herzförmiges Gesicht wurde von einem Dutzend feiner Locken umrahmt, die ihrem unordentlichen, lockigen Ponyschwanz entwichen waren. Sie hatte die Stirn vor Konzentration gerunzelt, während sie einen dicken Stapel Medizinbücher trug, ihre Nase rümpfte sich und zeigte die zarten Sommersprossen, die ihre Nase und Wangen umrahmten. Das Detail ließ Wyatt sich fragen, ob es Sommer war, ob die gute Ärztin vielleicht in der Sonne gewesen war, wo diese Sommersprossen deutlicher wurden.

Er schob den Gedanken für später beiseite, wissend, dass er zahlreiche Stunden hatte, seine neueste Vision auseinanderzunehmen.

Lucy lief an den Autos vorbei und ohne dabei ihre Umgebung wahrzunehmen, fummelte sie in ihrem Mantel nach ihrem Schlüssel. Sie fuhr einen alten blauen Volvo. Da war Wyatt sich sicher.

Zumindest war es das Auto, an dass sie sich in ein paar Sekunden lehnen würde, Wyatt drehte sich um und schaute nach dem nächsten Teilnehmer dieser kleinen Szene.

Und dann trat der Mann in Erscheinung, er tauchte wie aus dem Nichts auf. Wyatt beobachtete den Mann aufmerksam, obwohl die mysteriöse Figur nicht anders als sonst war, nicht klarer. Dunkle Hose, dunkle Jacke, eine Windjacke vielleicht. Die Figur war total verschwommen, egal wie nahe Wyatt ihr kam. Er huschte lautlos heran und packte Lucy von hinten. Lucys Mund öffnete sich und ein erstickter Schrei erklang in der Luft, wie in einem Film der nicht synchron war. Der Mann drückte sie gegen den blauen Volvo; Metall glitzerte in seiner erhobenen Hand.

Obwohl er es besser wusste, konnte Wyatt sich nicht davon abhalten, sich zu bewegen, er fühlte sich unweigerlich zu Lucy hingezogen, wie ein Magnet zu einer Stahlklinge ...

Und Wyatt ging direkt durch sie hindurch, sank tief, bis er das Glasfenster des Volvos traf. Frust baute sich in ihm auf, und er presste seinen Kiefer zusammen, während er sah, wie die Hand des Mannes sich hob und ein Messer aufblitzte, obwohl es gar kein Licht gab. Lucy machte ein weiteres Geräusch, ein erschreckendes Wimmern, das aufhörte, als die Klinge sich an ihren Hals presste. Wyatt konnte die Finger des Mannes nicht sehen, aber das Messer wurde mit lebhaften Bewegungen geführt.

Wyatts Herz pochte in seiner Brust, Adrenalin schoss in seine Venen, als er eine schwache Spur von Rot aus der blassen, zarten Haut von Lucys Kehle treten sah. Ihr Angreifer hielt sie von hinten fest und zog an dem Rand ihres Shirts, um es hochzuziehen. In Wyatt stieg die Galle hoch, als der Mann ihren Spitzen BH kaputt riss und ihre Brüste freilegte, er griff so fest zu, dass ihre

Haut um ihren dunkelrosa Nippel rot wurde.

Wyatt konnte Lucys atemloses Keuchen nicht über seinem hören. Er zog seine Faust zurück und rammte sie gegen das Auto, fest genug, um es zu zerbeulen, obwohl er das natürlich nicht tun konnte, genauso wenig, wie er diesen Angriff aufhalten konnte. Er konnte sich auf den Kopf stellen, aber er konnte Lucy nicht anfassen. Er konnte die Minutenanzeiger an seiner Rolex sehen, aber nicht die Kleidung, die der Angreifer trug. Er konnte hören, wie Lucy um Gnade bettelte, er konnte sehen, dass es eine Antwort gab, aber er konnte die Antwort des Mannes nicht hören.

Wyatt drehte sich um und konnte nicht länger zuschauen. Er wusste, was jetzt passierte. Der Mann schaffte es, Lucys dunkle Jeans zu öffnen, und schob sie zusammen mit ihren Hosen herunter. Er bewegte das Messer zu ihrem Nacken und hielt sie damit an Ort und Stelle, während er sie vergewaltigte, in ihr Ohr flüsterte, sie erniedrigte und ihr Angst machte. Wyatt hatte das immer und immer wieder gesehen und konnte nicht eingreifen.

Er schaute auf seine Uhr und legte den genauen Moment fest, in dem sein anderes ich an der Szene ankam. Der echte Wyatt schaute sich selbst zu, wie er von dem Rand des Parkplatzes angerannt kam, er trug das rote, karierte Hemd das Wyatt of trug und ein mörderischer Ausdruck lag in seinen Zügen. Bei dem Tempo in dem sich sein anderes ich bewegte, war er nichts weiter als ein großer, dunkelhaariger Blitz, verschwommen, aber dennoch beachtlich auf eine Art wie Traum-Wyatt es nicht war. Es verwirrte seine Gedanken ein wenig, während er versuchte zwischen sich und sich selbst zu unterscheiden.

„Blöder Idiot", murmelte Traum-Wyatt zu sich selbst. „Mach weiter und du siehst, was passiert."

Das war der schlimmste Teil seines Traums, seiner Vision wie auch immer.

Der Kopf des Angreifers verschwamm, als er sich umdrehte und Wyatt wie einen Racheengel angelaufen kommen sah. Das Messer blitzte wieder auf; Lucys Schreien wurde lauter und der echte Wyatt schrie; und dann war alles still, so wie wenn einem im Flugzeug die Ohren zugehen. Nur ein leises Summen, als Lucy zusammenbrach, und aus ihrer Kehle, ihrem Hals, dem Nacken und ihrer Schulter rote Spritzer, die dem Weg des Messers folgten, während er es durch ihr Fleisch zog.

Der echte Wyatt erreichte Lucy nicht rechtzeitig, er stolperte, als der Möchtegern-Schurke fliehen wollte.

Traum-Wyatt sah sich selbst dabei zu, wie er hin- und hergerissen war, zwischen dem Wunsch, den Angreifer zu jagen und seine keuchende Partnerin zu trösten. Dann sank der echte Wyatt schließlich auf seine Knie, zog Lucy auf seinen Schoß und schrie nach Hilfe. Er presste seine Hände über ihre Wunde, ihr Blut tränkte seine Hände und sein

Shirt. Traum Wyatt sah alles, jedes Detail. Wie ihr Blut in sprudelnden Stößen herauskam, zuerst stark und dann langsamer, immer langsamer, während sie davonglitt. Obwohl er noch gar keine Chance gehabt hatte, obwohl Lucy noch nicht seine Partnerin war und obwohl noch nichts davon passiert war, drehte Wyatt sich um und würgte, unfähig ihr Ableben zu verkraften. Sein Körper übernahm die Führung, sein Herz wurde zu Stein und seine Haut prickelnd und kalt.

2

„LUCY!", brüllte Wyatt mit heiserer Stimme. Er setzte sich in seinem Bett auf, steif wie ein Brett und die Laken klebten an seiner feuchten Haut. Er sog tief Luft ein und versuchte seine zitternden Glieder zu kontrollieren, während er die Fingerspitzen in die Matratze krallte. Sein Puls pochte gefährlich. Er war nur Sekunden davon entfernt, sich zu verwandeln, sein Bär erhob sich mit dem Bedürfnis zu kämpfen und zu beschützen, was seins war.

Hier in der dunklen Kühle seines

Hotelzimmers gab es niemanden, mit dem Wyatt kämpfen musste. Obwohl jedes Härchen auf seinem Körper aufgestellt war, seine Zähne gebleckt, sein Geist wild vor Wut und Verzweiflung, gab es niemanden, der antwortete. Er war so heiß wie Feuer, kühl wie Eis und stark wie jeder Berserker ... aber nichts davon bedeutete etwas.

Wyatt sank zurück, seine Gedanken kreisten, ohne irgendwo anzukommen. Die reine Hilflosigkeit, die er spürte, ließ die Tränen in seine Augen schießen, während er versuchte sich von dem Rausch zu beruhigen, welche die Visionen immer brachten.

Sobald er wieder genug Luft bekam, griff Wyatt hinüber und machte die Nachttischlampe an. Er nahm ein dickes in Leder gebundenes Tagebuch und einen Stift vom Tisch, öffnete eine neue Seite und schrieb säuberlich das Datum in die erste Zeile. Er arbeitete mehrere minutenlang, füllte drei Seiten mit jedem Detail aus, an das er sich erinnern konnte und versuchte herauszufinden, was neu war.

Das Gebäude, das weiße Gebäude im Hintergrund. Das war neu, dachte er. Es sah ein wenig aus, wie das Krankenhaus aus, in dem Lucy arbeitete. Er wusste das, weil er sie praktisch jede Stunde verfolgte, die er wach war, nur um dann in sein Hotelzimmer in der Innenstadt von Seattle zurückzukehren, wo er fast vor Erschöpfung zusammenbrach. Es war kein toller Plan, nicht einmal ein guter, aber es war alles, was er im Moment hatte.

Seit einem Monat beschattete er diese Frau, die ihn niemals kennen oder seine Partnerin werden würde. Wyatt wusste, dass er instabil war. Körperlich, emotional und wer weiß was noch. Morgen würde er um Verstärkung bitten müssen. Sein älterer Bruder Luke war der Einzige, der von Wyatts *Visionen* wusste, also war er die einzige Wahl.

„Verdammter Scheiß", murmelte Wyatt.

Er hatte wirklich und ehrlich gehofft, dass die heutige Nacht traumlos bleiben würde. Oder er besser einen dieser verschwommen, lusterfüllten Träume von Wyatt und Lucy zusammen im Bett hatte, wo sie Dinge taten, die sich besser anfühlten, als Wyatt es sich je hatte vorstellen können. Lucy konnte ihn in der Menge nicht mal erkennen, aber sie hatten schon hundertmal, tausendmal, auf jede einzelne Weise gefickt, die Wyatt kannte. Wenn er eine Pause von den nächtlichen Schrecken hatte und die Chance bekam, die Partnerin, die er nie anfassen oder schmecken würde, zu erleben, dann stellte er sicher, dass er alles mitnahm, was ging. Er speicherte jeden Moment in seiner Erinnerung ab, wissend, dass er nie ein weiteres Bild dieser Art sehen würde ...

Er erbleichte bei seinen eigenen Gedanken. Wyatt warf das Buch und den Stift zurück auf den Nachttisch und nahm sein Handy in die Hand.

. . .

Hi Fremder

Heute um 20:15 bei mir

Wo bist du?

Komm heute Abend vorbei, bitte

Ignorierst du mich jetzt??? Du bist ein Arschloch

WYATT STÖHNTE und legte das Handy wieder auf den Tisch mit dem Display nach unten. Fünf Nachrichten von vier verschiedenen Frauen in drei Stunden. Wer hätte das gedacht. Selbst wenn er wieder in Chicago war und eine der Damen von der langen Liste seines Stalls hätte anrufen können, er hätte es nicht getan. Oder hätte es vielleicht nicht gekonnt. Zwei Tage nach seiner ersten Vision von Lucys Tod, eines von mehreren Szenarien, in denen Wyatt die Ehre hatte, seine beabsichtigte Partnerin sterben zu sehen, hatte er auch sein erstes sexuelles Scheitern erlebt. Die schöne Rothaarige, eine seiner Lieblinge, war sehr verwundert gewesen, als nichts ihres übermäßigen Charmes Wyatts ganze Aufmerksamkeit erringen konnte. Stöhnend zog Wyatt sich das Kissen über das Gesicht. Warum zum Teufel passierte ihm so etwas? Hatte er nicht jede kosmische Schuld dafür gezahlt, dass er ein Frauenheld war? Im letzten Jahr hatte er jede Einzelne der zugedachten Partnerinnen seiner Brüder vor unglaublichem Schicksal bewahrt, oftmals im Hintergrund und ohne jegliches Lob für seine geheime Heldentat.

Sicherlich machte das all den Mist, den er allen Frauen zugefügt hatte und mit denen er geschlafen hatte, wieder wett? Anscheinend nicht, denn jetzt war er hier und verbrachte seine wachen Stunden damit, die einzige Frau zu beobachten, die er je gewollt hatte und der er sich nicht nähern konnte, damit er nicht versehentlich die Ereignisse auslöste, die ihren möglichen Untergang herbeiführten. Seine Gedanken wanderten zurück zu der Vision, die er gerade gesehen hatte und zu dem weißen Gebäude. Das war immerhin etwas.

Wyatt schaute auf seine Uhr und seufzte und schälte sich dann aus dem Bett. Es war spät, genauso spät wie in seinem Traum. Wenn er jetzt ging, würde er Lucy erwischen, wenn sie von der Arbeit kam und sicherstellen, dass sie heil nach Hause kam.

„Wie erbärmlich", schnaubte er laut, als er sich das Shirt anzog. „Wirklich erbärmlich."

3

"Warum machst du so ein Gesicht? Hat dich dieser Verrückte wieder angerufen?"

Lucy Summer schaute von ihrem Handy auf, lächelte und rollte ihre Augen wegen ihrer besten Freundin Lexie. Lexie hüpfte an ihrem Schrank auf und ab und zog sich ihre Hose und die bequemen Tennisschuhe an, ohne dass ihre nackten Füße dabei den Boden berührten. Lexie kam gerade zur Schicht, während Lucy ging, etwas das immer öfter passierte je näher sie sich dem

Ende ihrer Zeiten als Assistenzärztinnen näherten.

„Nein, aber er hat mir sechs Mal geschrieben. Selbst wenn ich antworten wollte, ich habe die ganze Zeit gearbeitet", seufzte Lucy. Sie zog ihre Hose aus und eine dunkle Jeans an und hüpfte dann genauso, wie Lexie es getan hatte. Anstatt ihre schmerzenden Füße wieder in ihre grässlichen aber bequemen Tennisschuhe zu stecken, zog Lucy die Flipflops aus ihrem Schrank und ließ sie auf den Boden fallen. Seufzend glitt sie hinein.

„Ich weiß nicht warum du diese Schuhe trägst, nachdem du 24 Stunden gestanden hast", sagte Lexie und warf Lucys Flipflops einen missbilligenden Blick zu. „Meine Füße mögen ihre Freiheit nach der Arbeit. Du weißt, wie ich ticke. Wir sind doch schon, na sag, zehn Jahre jetzt befreundet?", sagte Lucy.

Lexie lachte, sie schüttelte ihr perfektes blondes Haar. Lexie und Lucy taten gerne so, als wären sie Zwillinge, aber Lexie war eine große, weidenartige Eiskönigin neben Lucys brünetten Locken und der blassen, mit Sommersprossen bedeckten Haut. Lucy machte ihre Mutter dafür verantwortlich, denn alle Summer-Frauen waren praktisch Klone. Große Brüste, großer Hintern, breite Hüften, wiiiiiinzige 1,50 m Persönlichkeiten. Lexie dagegen sah aus, als wenn sie gerade vom Set von einer dieser kitschigen Krankenhausserien kam, während Lucy häufig für eine Medizinstudentin gehalten wurde. Es war besonders unfair, weil sie beide hart arbeiteten, um ihr letztes Jahr als Assistenzärztinnen zusammen zu beenden.

„Warum dieses Gesicht? Soll ich diesen Typen zusammenschlagen?", fragte Lexie und zog eine blonde Augenbraue hoch.

Jetzt war es an Lucy zu lachen.

„Nein. Ich dachte nur gerade, dass wir nur noch eine Handvoll Monate zusammen hier bei Mount Mercy haben", sagte Lucy und zog eine Grimasse.

„Das hängt von dir ab, glaub ich. *Einige* von uns waren verantwortungsbewusst und haben sich entschieden, wo wir unsere Spezialisierung machen wollen", neckte Lexie.

„Gott, erinnere mich nicht dran."

„Du hast zehn Angebote. Such dir eins aus. Bei eins meine ich, such dir eins in Boston aus, sodass du in meiner Nähe bleibst."

Lucy stöhnte.

„Es sind sieben Angebote und Boston ist zu kalt. Du bist verrückt, dass du dort hinziehst. Warum ziehen wir nicht nach Hawaii oder so?", witzelte Lucy.

„Wenn wir nur lesbisch wären ... Unsere Leben wären so perfekt, weil wir uns bereits gefunden haben", bedauerte Lexie. „Männer ruinieren nur alles."

Lucys Handy vibrierte und piepte in ihrer Hand und sie erschrak.

„Wo wir gerade von Männern sprechen ..." Lucy schnaubte. „Ich war auf vier Dates mit dem Typen und er glaubt, wir sind verlobt oder so."

„Ich dachte, ihr habt nicht einmal …" Lexie machte ein lüsternes Gesicht und eine obszöne Geste und beide fingen an zu lachen.

„Ich kann nicht glauben, dass du Ärztin bist. Du bist sooooo unreif", sagte Lucy. „Und wir haben keine Art von Beziehung. Ich habe ihn das letzte Mal nur getroffen, um ihm persönlich zu sagen, dass ich ihn nicht mehr sehen will. Er schien meine Hinweise in den Nachrichten nicht richtig zu verstehen."

„Du bist netter als ich, Lucy. Ich bin mit Jeremy sieben Monate ausgegangen und habe dann über Facebook mit ihm Schluss gemacht."

„Das war noch besser, weil jetzt bekommen wir beide jedes Mal die kalte Schulter gezeigt, wenn wir zur Radiologie gehen. Tolle Arbeit, jemanden auszusuchen, der bei deiner täglichen Arbeit wichtig ist und ihn dann abzuservieren. Danke dafür."

Lexie atmete aus und zuckte mit den Schultern.

„Er war nicht gut im Bett", war ihre einzige Antwort.

„Du bist so oberflächlich. Ich weiß nicht, wie du Ärztin werden konntest", neckte Lucy sie.

„Ich bin immerhin nicht prüde", gab Lexie zurück.

„Ähm! Entschuldigung, dass ich auf die richtige Person warte. Diese bedeutungslose Medizinstudenten-Flirterei ist nichts mehr für mich. Und ich stehe auch unter Beobachtung. Du weißt, dass mein Clan ein wenig ..." Lucy zog eine Grimasse.

„Konservativ ist. Ja, ich hab es verstanden. Ich ärger dich doch nur. Mal im Ernst, du bist siebenundzwanzig, fast mit deiner Assistenzzeit fertig und du bist heiß. Du solltest endlich anfangen zu daten", sagte Lexie und warf Lucy einen spitzen Blick zu.

„Das habe ich getan und sieh doch, was dabei rausgekommen ist", sagte

Lucy und wedelte mit ihrem Handy in Lexies Richtung. „Kurt Hughes, Alter achtundzwanzig, Einzelkind und dazu noch Anwalt. Ich lasse meine Mutter nie wieder ein Date für mich arrangieren."

Lexie kicherte und schloss ihre Spindtür mit einem Krachen. Beide waren jetzt angezogen und nahmen sich einen Moment Zeit, um ihre weißen Mäntel überzuziehen. Sie waren beide total verliebt in ihre neugefundene Doktortitel, als ob das eine große Sache wäre, und sie nutzten jede Gelegenheit, um zu zeigen, was sie sich nach so vielen schweren und ermüdenden Stunden der Arbeit und des Lernens verdient hatten.

„Du siehst gut aus, Dr. Summer", sagte Lexie und winkte Lucy.

„Du auch, Dr. Reid. Ich seh dich morgen Abend? Der Kalender sagt, wir haben beide frei, also dachte ich, wir sollten mal wieder ausgehen, was trinken und etwa für unsere Füße tun."

„Du kennst mich zu gut", erwiderte Lexie mit einem Grinsen und umarmte

Lucy schnell. „Ich habe mein Handy im Gegensatz zu dir während meiner Schicht dabei und ich schreibe dir in ein paar Stunden, wenn mir langweilig wird."

„Du wirst mit deinen Tabellen nie fertig werden", warnte Lucy, aber Lexie war bereits auf dem Weg nach draußen und winkte mit der Hand ab, während sie ging.

„Na gut. Na ja, ich habe vielleicht nicht jede Woche ein neues Spielzeug aber meine Tabellen sehen ziemlich gut aus", versicherte Lucy sich selbst mit einem dümmlichen Lächeln.

Sie war vielleicht nicht klassisch so schön oder so frei bei der Liebe wie Lexie, aber Lucys Leben hatte sich ziemlich gut entwickelt. Die Sterne hatten sich dieses Wochenende für sie erhellt und sie hatten zwei weitere Tage frei vom Krankenhaus und ihrer Nebenarbeit in der gynäkologischen Klinik. Außerdem hatte Lexie dieselben Tage frei und Lucys ganze Woche war im Grunde so gut, wie es für die zukünftige Frauenärztin mit Babygesicht, ohne Sex, und mit siebenundzwanzig Jahren eben so war.

Als sie aus der Tür ging, piepte ihr Handy erneut.

Ich weiß, dass du meine Nachrichten siehst. Du antwortest mir besser, Lucy.

Lucy hielt inne. Ein Schauer rann ihr über den Rücken. Sie hatte wirklich gedacht, dass sie dem Typen ihre Gefühle klar gemacht hatte. Er hatte seine Hand bei ihrem dritten Date nach drei Minuten unter ihr Shirt gesteckt und ihr einen merkwürdig intensiven Zungenkuss gegeben und sie hatte in dem Moment gewusst, dass sie und Kurt Hughes nicht füreinander bestimmt waren. Er war süß und so, ein lässiger Mann mit hellbraunem Haar und einem Vollbart, mit schönen Augen ... Aber seine Persönlichkeit war aggressiv, etwas, was ihn vermutlich zu einem guten Anwalt machte.

„Die Chemie zwischen uns stimmt

einfach nicht", hatte Lucy erklärt. Er hatte genickt und hatte ihre Worte anscheinend akzeptiert ... Dennoch schrieb er ihr seitdem den ganzen Tag. Vielleicht war sie zu nett gewesen und hatte ihm eine falsche Vorstellung vermittelt. Sie dachte einfach, dass er ein anständiger Mann war und nicht wollte, dass es komisch wurde, zumal er der Sohn eines guten Freundes ihrer Mutter war.

Sie ließ ihr Handy in ihre Tasche gleiten und griff nach dem Stapel Bücher, die sie für die hoffentlich sehr kleine Nachforschung brauchen würde, die sie am Wochenende plante, sie wollte über seltene genetische Krankheiten nachlesen, die sie in einer Krankenakte diese Woche gelesen hatte. Dann ging sie zum Hauptausgang und winkte dem Wachmann kurz zu.

„Gute Nacht Paul", rief sie.

„Gute Nacht, Dr. Summer", erwiderte er mit einem freundlichen Lächeln. Manchmal brachte sie ihm eine

Tüte Jelly Beans mit und er sagte ihr Bescheid, wenn die Verkaufsmaschinen auf einem bestimmten Stockwerk mit etwas Gutem aufgefüllt wurden. Sie waren schnell Freunde geworden, die bei Jelly Beans und Fritos miteinander angebändelt hatten.

Sie jonglierte die schweren Textbücher in ihren Armen, während sie durch die erste Reihe der Autos auf dem Parkplatz lief und schnurstracks zu ihrem alten Volvo ging, ein Geschenk von einem ihrer liebenswürdigen Onkel. Sie wechselte die Bücher auf den anderen Arm und versuchte dabei erfolglos ihre Schlüssel aus der Tasche zu fummeln. Atemlos und nur noch Schritte von ihrem Auto entfernt sah sie eine dunkle Gestalt in ihr Blickfeld kommen.

Etwas veränderte sich in Lucys Brust. Sie ließ die Bücher los und suchte in ihren Taschen und konnte ihre Schlüssel greifen, gerade noch bevor sie von einem schweren Gewicht an die Seite ihres Autos geschubst wurde. Ihre Lungen leerten sich mit einem schmerzhaften Zischen, jeder Nerv ließ ihre fünf Alarmglocken in ihrem Kopf klingen.

„Hey!", rief sie und zappelte bei dem starken Gewicht eines großen Mannes hinter ihr.

Starke Finger krallten sich in ihre Kopfhaut, zogen ihr Haar an ihrem Pferdeschwanz und ließen ihre Augen wässrig werden. Dann fühlte sie etwas Kaltes an ihrem Hals, direkt unter ihrem Kinn und ihre Knie wurden weich.

„Beweg dich nicht", murmelte der Typ. „Ich werde dich töten, Bitch."

„Das musst du nicht. Nimm mein Portemonnaie, nimm alles, was du willst", stammelte Lucy mit klopfendem Herzen und einem Magen, der vor Angst und Abneigung brannte. Sie gab einen erdrückten Schrei von sich, während der Angreifer knurrte und das Messer fester an ihr Fleisch presste. Ihre Haut war warm und pulsierte und sie war sich ziemlich sicher, dass er sie umbringen würde.

„Halts Maul, du hochnäsige Bitch". Der Mann ließ ihr Haar los und fuhr mit der Hand an ihrer Seite herunter, ehe er ihr Shirt hob. Seine Wörter ließen sie innehalten, und sie fragte sich, warum er so etwas sagen würde, außer er kannte sie. Der Mann hielt inne, seine Finger lagen an ihrem BH-Verschluss, nur Zentimeter von ihren Brüsten entfernt. „Ich bin Schwester, ich bin Tochter", flüsterte Lucy und schluckte den Klumpen herunter, der sich in ihrem Hals gebildet hatte. Sie bemerkte, dass sie weinte, dicke Tränen liefen ihr über die Wangen. Die Hand mit dem Messer sackte für einen Moment, aber lange genug. Lucy bewegte sich noch ehe sie es bemerkte, die jahrelangen Selbstverteidigungskurse kamen ihr plötzlich in den Sinn. Ihre Hand griff an seine Taille und gaben ihm einen kurzen, kräftigen Schubs, der ihn aufschreien und das Messer fallen ließ. Lucy drückte sich gegen das Auto, und schleudertn ihren

Angreifer ein paar Meter zurück. Sie erwartete, dass er sie sofort wieder angreifen würde, aber als sie sich umdrehte, machte sie sich fast in die Hosen.

Ihr Angreifer oder der Mann, den sie für den Angreifer hielt, weil er eine schwarze Ski-Maske trug, kniete auf dem Boden. Über ihm stand ein riesiger Fremder, dessen Armmuskeln hervortraten, während er mit so einem grausamen, hasserfüllten Blick auf den Angreifer schaute, dass Lucy ein paar Schritte zurückwich. Der Neuankömmling schaute zu ihr auf, als wenn er sie das erste Mal bemerkte, und starrte sie mit seinen eisblauen Augen an.

„Geht es dir gut?", fragte er und seine Stimme war ein kehliges Knurren.

„J-ja ... ich denk schon", flüsterte Lucy und ihre Unterlippe zitterte dabei. Tatsächlich zitterte ihr ganzer Körper und auch ihre Hände zitterten so sehr, dass sie nichts weiter tun konnte, als ihren Arm um ihren Körper zu schlingen und zu zittern.

Der muskulöse Fremde schaute wieder auf Lucys Feind, und hob seine Lippen, um seine Eckzähne zu zeigen. Der Möchtegern-Schurke wimmerte tatsächlich und Lucy konnte ihm keinen Vorwurf machen. Der große Mann hob seinen Arm und schaltete den Angreifer mit einem einzigen Schlag aus, das kranke Knacken des Knochens ließ Lucy zusammenschrecken.

„I-ich sollte ... wir sollten den Wachmann holen", sagte Lucy und wischte sich über ihr Gesicht. „Und die Polizei rufen."

Der Mann schaute zu ihr hoch und sie bemerkte, dass er ebenfalls zitterte. Sein dunkles Haar war zerzaust, sein stoppeliger Kiefer angespannt und, seine schönen blauen Augen brannten mit einer beängstigenden Art von innerem Feuer.

„Er ist menschlich. Unsere Leute sollten das machen", antwortete er.

„Unsere … unsere ….", wiederholte Lucy während ihr ein Licht auf ging. „Du bist ein Berserker?"

Der Mann schaute sie merkwürdig an.

„Natürlich." Er schaute auf den Mann zu seinen Füßen. „Ich glaube, du solltest dich hinsetzen. Setz dich einfach kurz auf deine Motorhaube, bitte."

Lucy trat zurück und erfüllte die Bitte, ohne zu fragen. Etwas an der Art, wie er sie ansah, versicherte ihr, dass er keine Bedrohung war, sein selbstbewusster Ton ließ sie ohne zu zögern gehorchen. Es war einfacher, wenn jetzt jemand anderes die Sache in die Hand nahm.

Sie schaute zu, wie er ein Handy aus seiner Jeans holte, es umdrehte und für eine Sekunde wegtrat, während er wartete und sich dann wieder umdrehte, um sie anzusehen. Als wenn er sie nicht aus seinem Blickfeld lassen könnte, so schien es. Lucys Magen machte einen Satz, aber sie schob den Gedanken beiseite. Sie war im Schock, das war alles. Manchmal reagierten Menschen merkwürdig auf ein Trauma, mit mehr als zitternden Händen und Tränen.

Das war vermutlich der Grund, warum Lucy jetzt ihren Retter gründlich betrachtete. Sie bewunderte die Art wie sein rotes, enges Shirt an seinen Armen und seiner Brust klebte, die Art wie seine Jeans an seinen Hüften hing. Sie schätzte, dass er ungefähr 1,80 m groß sein müsste, vielleicht auch 1,98 m. Er sah unheimlich gut aus, jetzt wo sie wirklich hinsah. Wie Beckham in diesem Armani Unterwäsche Werbespot.

... und über tausend Punkte außerhalb Lucys Liga. Dieser Mann war wahrscheinlich auf dem Weg zu einer Party mit irgendwelchen Victoria Secrets Engeln irgendwo und war einfach nur auf den Krankenhausparkplatz gestolpert, vielleicht hatte er nach einem heißen Nachtklub gesucht, von dem Lucy noch nie gehört hatte.

Sie kicherte bei ihrem absurden Gedankengang und erntete einen scharfen, argwöhnischen Blick von dem Fremden. Er legte auf und ging dann zu Lucy, dabei hielt er seinen Körper angewinkelt, sodass er Lucys Angreifer beobachten konnte, während er mit ihr sprach. Er lehnte sich herunter und zog dem Mann die Skimaske herunter.

„Kennst du ihn?", fragte er.

Lucy leckte sich über ihre Lippen und schüttelte ihren Kopf.

„Nein. Nein, ich dachte ...", sie zögerte.

„Du dachtest was?", fragte ihr Retter prompt. „Du kannst es mir sagen."

„Er ... er hat mich eine hochnäsige Bitch genannt. Ich dachte nur, ich weiß nicht. Ich dachte, es hörte sich irgendwie persönlich an, wenn das Sinn macht. Nicht, dass ich eine Bitch wäre, aber dieser hochnäsige Teil ... ein Fremder sagt doch so etwas nicht oder?" Lucy schniefte und nutzte den Ärmel ihres Mantels, um an ihrem Hals zu wischen.

Er war voller roter Blutflecken, die sie keuchen ließen.

Der Mann nickte und dachte einen Moment über ihre Worte nach, ehe er fortfuhr.

„Ich lasse jemanden kommen, der sich um ihn kümmert", sagte er und nickte zu dem Körper am Boden.

„Er ist nicht ... soll ich ihn mir anschauen? Ich bin Ärztin", platzte es aus Lucy heraus. Schuld schwoll in ihrer Brust. Wo war ihr hippokratischer Eid noch vor ein paar Minuten gewesen? Sie hätte zumindest seinen Puls überprüfen, eine Bahre organisieren sollen ...

„Es geht ihm gut", sagte der Mann mit verengtem Blick. „Ich mache mir mehr Sorgen um dich, Lucy."

Lucys Augen weiteten sich.

„Woher weißt du, wie ich heiße?", fragte sie und hatte plötzlich wieder Angst.

Der Mann bewegte sich und räusperte sich, er sah plötzlich unbehaglich aus, das erste Mal, seit Lucy ihn gesehen hatte.

„Nenn mich ... ich weiß nicht, einen Schutzengel oder so. Du warst in Gefahr und ich bin hier, um dich zu beschützen, bis sie vorbei ist."

Lucys Mund öffnete sich, aber es kamen keine Wörter heraus. Ihr Schutzengel? Vielleicht war er genau so ein Racheengel, wie sie ihn sich zuerst vorgestellt hatte.

„Ich glaube nicht, dass du jetzt fahren solltest. Darf ich dich nach Hause fahren, Lucy?"

Lucy schaute ihn an und spürte, wie sie hysterisch wurde. Das war alles zu viel. Sie hatte seit einem Tag kaum geschlafen, dann war sie von einem Unbekannten angegriffen worden, der sie zu kennen schien und jetzt starrte dieser griechische Gott sie an und bat sie, ihn auf sie aufpassen *zu lassen* ...

„Ich... ich werde ein Taxi nehmen", sagte sie und versuchte ihre Stimme ruhig zu halten.

Ihr Retter rieb sich den Nacken und schüttelte dann langsam seinen Kopf. „Ich glaube nicht. Ich habe mein Motorrad hier. Du könntest schnell zu Hause sein", sagte er und zeigte auf sein Motorrad. Seine Stimme war jetzt sanft, nicht richtig bittend, aber dennoch sehr besorgt. Lucy starrte ihn eine ganze Minute lang an, unfähig das alles zu verarbeiten.

„Wie heißt du?", fragte sie schließlich und ihre Schultern sackten zusammen.

Die Art, wie er zögerte, ehe er endlich sprach, brach ihr Vertrauen in ihn, aber als er antwortete, ruhte sein Blick fest auf ihrem.

„Wyatt", sagte er.

„Das ist ein schöner Name", sagte Lucy und die Wörter waren raus, ehe sie sie noch aufhalten konnte. Sie hob eine Hand und rieb ihre trüben Augen, dann schaute sie wieder hoch. „Ich denke, ich werde dein Angebot mit der Fahrt nach Hause annehmen, Wyatt."

In kürzester Zeit klammerte sich

Lucy an Wyatts Rücken, und sog tief seinen maskulinen Duft von dem Helm ein, den er ihr auf den Kopf gesetzt hatte, und flog die dunklen Straßen von Seattle entlang. Wyatt hatte ihre Schlüssel genommen, ihre Bücher in ihr Auto gelegt und alles abgeschlossen. Dann war er auf sein Motorrad geklettert und hatte ihr zugewinkt, sich hinter ihm zu setzen.

Warte, sagte er. Lucys Arme waren jetzt um seine Hüfte geschlungen, peinlich fest, weil sie noch nie zuvor auf einem Motorrad gesessen hatte. Für eine Sekunde schloss sie ihre Augen und lehnte ihren behelmten Kopf an seinen Rücken. Für eine Sekunde und nur weil sie wirklich eine schlimme Nacht gehabt hatte. Lucy stellte sich vor, dass das ihr Leben war. Das sie nicht nur Ärztin war, sondern auch seine Freundin. Oder vielleicht seine Partnerin, ein echter Mann, der sexy und klug und fit war, genauso anziehend wie der Mann, an den sie sich jetzt festklammerte.

Sie kicherte und schüttelte ihren

Kopf. Lucy war vieles, aber keine Träumerin. Auch war sie kein verliebter, geiler Teenager. Sie steckte die Erinnerung an Wyatt weg und behielt sie für regnerische Tage, wenn sie zu erschöpft war, ihren krankhaft benutzten Vibrator herauszuholen...

Sobald die Fahrt begann, schien sie auch schon fast vorbei zu sein. Wyatt fuhr zu Lucys kleinem Häuschen, machte den Motor aus und wartete. Lucy wartete eine Sekunde, dann erkannte sie, dass sie zuerst absteigen musste. Sie klettert vom Motorrad und nahm den Helm ab.

Wyatt nahm ihr den Helm ab und schaute an ihr hoch und runter, als wenn er sich versichern wollte, dass sie noch heile war.

„Ich werde warten, bis du reingegangen bist und alle Räume überprüft hast. Wink mir zu, dann schließe überall gut ab, okay?", sagte Wyatt.

„O-oh", sagte Lucy unsicher, was sie

jetzt tun sollte. „Ähm… danke, dann. Ich meine, ich weiß nicht, ich –"

„Gib mir dein Handy", sagte Wyatt und schien die Geduld zu verlieren. Lucy nahm ihr Handy aus ihrer Tasche, gab den Code ein und reichte es ihm. Während sie zu sah, tippte Wyatt seine Nummer in ihr Handy und schickte sich dann selbst eine Nachricht. „Okay, Geh rein. Du hast viel durchgemacht. Du musst dich ausruhen."

„Okay", sagte Lucy. „Okay."

Mit zitternden Fingern zog sie ihren Schlüssel hervor und ging zur Veranda. Sie machte die Tür auf und ging hinein, dann machte sie überall Licht an und überprüfte die Wohnung. Zum Glück hatte sie nur fünf Räume in ihrem kleinen Bungalow, es dauerte also nur ein oder zwei Minuten. Als sie sich sicher war, dass niemand drinnen war und alle Schlösser funktionierten, trat sie wieder auf die Veranda.

„Es ist alles gut, denke ich", sagte sie.

Wyatt schaute sie lange an.

„Lucy, ... es tut mir leid, dir das sagen zu müssen, aber es ist nicht vorbei. Jemand will dich umbringen."

Lucy wich zurück und erschrak. „Du hörst dich so schrecklich sicher an. Du kennst mich nicht einmal!", protestierte sie.

„Ich kann nicht wirklich erklären, woher ich das weiß, aber ... ich weiß es. Du bist in sehr großer Gefahr."

Die Intensität und Ehrlichkeit auf seinem Gesicht ließen Lucy zittern.

„I – Okay", war ihre einzige Antwort und ihre Schultern sackten zusammen.

Wyatt schaute sie noch einen langen Moment an, ehe er das Thema wechselte.

„Ich werde morgen jemanden schicken, der all deine Schlösser austauscht. Kannst du dafür hier sein?", fragte er.

„Ja. Natürlich", sagte sie und winkte mit der Hand.

„Okay. Geh rein. Es wird jemand hier sein, der Wache hält, nur für den Fall.

Du musst dir um nichts Sorgen machen, Lucy."

Lucy hielt inne, sie wollte ihm irgendwie danken, aber dann nickte sie einfach nur. Er setzte seinen Helm auf und verdeckte sein Gesicht und dann wendete er sein Motorrad in einem langsamen Kreis und startete den Motor. Er schaute zurück und wartete.

Lucy ging wieder hinein und verschloss die Vordertür und schloss sich ein. Dennoch bewegte sie sich nicht, bis das Geräusch seines Motorrads verstummte und er wirklich weg war. Sie biss sich auf ihre Lippe und sank mit dem Rücken zur Tür auf den Boden. Sie lag dort und bewegte sich nicht, bis das erste Morgenlicht durch ihre Fenster schien und sie sich endlich sicher genug fühlte, einzuschlafen.

4

Wyatts Herz hämmerte schwer in seiner Brust, als Lucy ihm einen zittrigen Daumen hoch gab, ehe sie ihre Vordertür schloss. Er stand noch mehrere Minuten in ihrer Einfahrt und starrte auf ihr Haus und versuchte die Ausmaße von dem, was er gerade getan hatte, zu verstehen. Er musste sich selbst zum Gehen drängen und sich auf sein Bike setzen, in dem Wissen, dass er noch einiges zu tun hatte. Er wusste, dass er bei hohem Tempo, bei einer späten Fahrt am Abend einen kleinen Teil seiner Gedanken verarbeiten konnte, die in seinem Kopf wirbelten und versuchten ihm seinen Atem zu stehlen.

Er startete den Motor, setzte seinen Helm auf und fuhr los und fluchte, als er bemerkte, dass der Helm noch nach *ihr* roch. Er zwang sich, ihren aufdringlichen Duft zu ignorieren und sich um die aktuelle Situation zu kümmern, von genau dort, wo er jetzt stand. Er hatte diesmal richtig Mist gebaut. Er hatte sich nicht unter Kontrolle, um sich um seine eigenen Angelegenheiten zu kümmern. Daher hatte er unbeabsichtigt eine lange Kettenreaktion in Gang gesetzt, die zu der schrecklichsten seiner Visionen führen würde.

Mit seinen Brüdern und ihren Partnerinnen waren Wyatts Entscheidungen einfach und offensichtlich gewesen. Sich einmischen, ein wenig herumstochern und die Dinge in Bewegung setzen. Sie zu verärgern, wenn es sein musste.

Nora und Finn waren ein tolles Beispiel; wenn Wyatt sich nicht eingemischt und Finn eifersüchtig gemacht hätte, hätte Nora Finn wahrscheinlich sogar verlassen. Wyatts Visionen hatten ergeben, dass sie auf der Suche nach Unabhängigkeit, eine Reise nach Paris machen wollte. Nur dass sie nie angekommen wäre, ihr Flugzeug war dazu bestimmt, abzustürzen. Es stürzte brennend in den Ozean und tötete bei dem Aufschlag alle Passagiere.

Und Finn ... sein Ergebnis war noch schlimmer gewesen. Er ist nicht gestorben, nicht direkt. Aber der Verlust seiner vom Schicksal zugewiesenen Partnerin erfüllte ihn mit tiefer, unerschütterlicher Trauer und einer Einsamkeit, die niemals wieder wegging. In Wyatts Vision rannte Finn in seiner Bärenform nach Norden nach Kanada und kam nie wieder zurück. Wyatt war sich nicht sicher, aber er nahm an, dass sein Bruder seine Tage in völliger Einsamkeit verbrachte und sich selbst für Noras Tod verantwortlich machte, und nie mehr zu seiner menschlichen Form zurückkehrte.

Also hatte Wyatt die Sache in die Hand genommen. Dasselbe hatte er bei Gavin und Faith gemacht, genauso wie bei Luke und Aubrey ... Alle seine Brüder hatten ein wenig von seiner Einmischung erfahren, auf kleine Art und Weise oder auf andere. Er schürte nur ein wenig die Flammen, stieß mit einem langen Stock in den Bienenstock und schlich zurück in den Schatten, damit seine Brüder den Kurs korrigieren konnten.

Aber das ...war sehr anders. Weil er jede Nacht von ihr träumte, wusste Wyatt, dass Lucy im Mount Mercy Krankenhaus arbeitete. Und weil er wusste, wo sie arbeitete, hatte er Probleme, dem Drang zu widerstehen, einfach vorbeizufahren. Nicht das er sich einmischen wollte oder so. Man, er war noch nie in das Gebäude gegangen.

Aber sobald er seinen Fuß auf den Parkplatz gesetzt hatte, wusste Wyatt es.

Er wusste, dass dies der Ort war, wo er eine schreckliche Entscheidung getroffen hatte, der Moment, an dem er die einzige Frau verloren hatte, die er je geliebt hatte. Er könnte sie durch die Hände dieses Möchtegern-Vergewaltigers sterben lassen, direkt hier auf dem harten Asphalt im Schatten ihres alten Autos.

Oder er konnte sie auf dem Parkplatz retten und die Entscheidung verzögern. Und es würde eine Entscheidung geben, einen Moment der Abrechnung. Er hatte das hundert Mal gesehen, kannte die ganze Szene besser als die Schicksalslinien, die in seine eigenen schwieligen Handflächen geätzt waren. Er musste nach links oder rechts gehen. Sein eigenes Leben wählen oder Lucys.

Jetzt waren die Dinge noch schlimmer, weil Wyatt sie endlich angesprochen hatte. Sie war noch schöner in Person und hatte ihn mit ihrem schnellen Denken und ihrer Leidenschaft überrascht, sogar im Anblick einer gewalttätigen Attacke. Er hatte sie angeschaut, sie angefasst, und in ihre weiten, verängstigten taubengrauen Augen geschaut. Er hatte ihren Körper an sich gespürt, als sie sich auf dem Motorrad eng an ihn gedrückt hatte, ihre Körper waren so nahe gewesen, wie die von Liebhabern im Bett.

Jetzt konnte er nie wieder für sich selbst entscheiden. Nicht nachdem er gesehen hatte, wie toll sie wirklich war.

Er biss seine Zähne zusammen und dachte an etwas anderes, während er in Richtung Stadt fuhr. Er fuhr sein Motorrad auf die breite kurvige Einfahrt des Hotel Andras, sein Zuhause in Seattle, wenn er nicht zu Hause war. Er musste sich auf den Moment konzentrieren und nicht auf die Gedanken an das drohende Unheil.

Er warf die Schlüssel dem Hoteldiener zu und forderte, dass man ihm seinen gemieteten Escalade brachte. Er ging in sein Zimmer und legte den Helm auf den Tisch. Nachdem er seine Nachrichten auf dem Handy überprüft hatte, und dabei die Anrufe seiner Brüder und mehrerer Ex-Freundinnen ignorierte, griff er nach seiner verchromten Umhängetasche und legte das Nötigste hinein: Ein bisschen Wechselkleidung, ein paar Snacks, Ferngläser, seinen Laptop und iPod und das Notizbuch, in das er seine Visionen schrieb.

Er stand einen Moment da und schaute auf seine Auswahl. Er wollte nichts weiter als in sein Auto springen und jetzt sofort zu Lucys Haus zurückkehren, aber die Sachlichkeit forderte, dass er die Dinge ein wenig langsamer anging. Zuerst eine Dusche, denn wenn er Lucy wie geplant die nächsten Tage überwachen wollte, sollte er zumindest gut riechend beginnen. Wyatt zog seine Lederjacke, seine Jeans und T-Shirt aus und ging in das Badezimmer und drehte die Dusche auf. Er rasierte sich und putzte sich die Zähne, während die Dusche heiß wurde, dann stellte er sich mit freudigem Stöhnen unter den Strahl.

Er duschte schnell, aber anstatt herauszuhüpfen und weiterzumachen, lehnte er sich ein paar Minuten an die gekachelte Wand und ließ das heiße Wasser seine angespannten Muskeln in der Schulter beruhigen. Er rollte seinen Nacken und atmete tief ein, und bewunderte die dicke, heiße Luft, welche die Luft erfüllte.

Einzelne Bilder gerieten in seine Gedanken, kurze Einblicke der vielen Visionen, die er über Lucy gehabt hatte. Keine der Guten natürlich. Sein gestresstes, überanstrengtes Gehirn hatte im Moment nichts Angenehmes zu teilen.

Ein Schnappschuss zeigte Wyatt auf dem Boden liegend mit Lucy in seinen Armen, eine Liebeserklärung auf ihren Lippen, während sie um den letzten Atemzug rang, die Wärme ihres Lebensblut bedeckte Wyatts Hände und Schoß.

Ein weiteres Bild zeigte Wyatt erneut auf seinen Knien, wie er mit großen Augen Lucy anstarrte. Sie rannte auf ihn zu, griff nach ihm und ihr Mund öffnete sich zu einem Schrei. Es gab Schmerzen und Wyatt schaute nach unten und sah, wie das Blut aus seiner Brust tropfte. Momente später wurde es dunkel.

Knurrend schlug Wyatt mit seiner Faust gegen die Wand und stellte das Wasser ab. Er stürmte aus dem Badezimmer, griff nach einem Handtuch und trocknete sich mit raschen Bewegungen ab. In weniger als fünf Minuten war er ganz angezogen und schulterte seine Tasche. Nach einer kurzen Pause, griff er nach einem Kissen und einer Decke vom Bett, und dachte, er könnte auch gleich versuchen, den wenigen Schlaf, den er in dem kleinen Auto bekommen würde, so angenehm wie möglich zu gestalten.

Er nahm den Fahrstuhl nach unten und ging hinaus, wo sein SUV bereits auf ihn wartete. Er gab dem Hotelangestellten Trinkgeld und raste zurück zu Lucys kleinem Haus, das nur fünfzehn Minuten von der Innenstadt entfernt lag. Er schaffte es in zehn Minuten und ignorierte zahlreiche Verkehrsgesetze in seinem Wunsch, dorthin zu kommen, um sicherzugehen, dass es Lucy gut ging.

„Nur einmal getroffen und du verhältst dich total bescheuert" murmelte Wyatt atemlos.

Er parkte den Escalade gegenüber von ihrem Haus, nahe genug, um zu beobachten, aber weit genug entfernt, um seine Anwesenheit geheim zu halten. Er lehnte sich ein wenig in seinem Sitz zurück und dachte, dass auch wenn seine Fenster getönt waren, er eher nicht nur die Windschutzscheibe gesehen werden konnte. Es gab keinen Grund ihr Haus zu beobachten, wenn er sich damit verriet; die bösen Männer würden nur darauf warten, bis er ging und Lucy würde verletzt werden, während Wyatt sich etwas zu essen holte oder so.

Sobald er sich zurücklehnte, bemerkte er, wie erschöpft er wirklich war. Er hatte bereits einen langen Tag hinter sich, er hatte mehrere lange Geschäftstreffen mit mehreren Investoren und seinem langjährigen persönlichen Assistenten Bess gehabt, der dafür sorgte, dass sein Unternehmen trotz seiner längeren Abwesenheit von Chicago immer noch blühte.

Dann hatte er es geschafft, eine Stunde zu schlafen, ehe eine Vision ihn aus dem Bett geworfen hatte und ihm zu dem Parkplatz brachte, wo seine Vision sich im echten Leben abgespielt hatte. Jetzt war sein Adrenalin abgeflacht und Wyatt fühlte das Gewicht des mangelnden Schlafes, das ihn in nur wenigen Minuten in einen dösigen Zustand versetzte.

Während er sich in seinem Sitz entspannte, spielte er verschiedene Visionen in seinen Gedanken ab. Sie waren nicht alle zum Scheitern verurteilt, obwohl sogar die Guten darauf hinführten. Aber statt sich darauf zu konzentrieren, versuchte er an die zu denken, die er am meisten genoss.

Einige waren süße, traumähnliche Bilder von ihnen, wie sie zusammen im

Bett lagen, wie Wyatt Lucy in seinen Armen hielt und ihre vollen Lippen küsste. Einige waren schmutzig; Lucy stöhnend, wie sie ihren Vorhang aus kastanienbraunen Locken hob und ihren Rücken durchdrückte, während sie auf seinen Hüften ritt, Lucy wie sie auf ihre Knie fiel und ihre Lippen mit einem sinnlichen Ausdruck auf dem Gesicht ableckte.

Sein Körper wurde hart bei dem reinen Gedanken an Lucy, wie sie seinen Schwanz lutschte. Wyatt spannte sich an und verfluchte seine eigene Dummheit. Er sollte nicht an so etwas denken. Tatsächlich sollte er nicht einmal nur daran denken, jemals einen Finger an Lucy zu legen.

Er sollte nicht daran denken, wie sie neben ihm lag und nichts außer seinem T-Shirt trug. Darüber wie er ihren Duft auf seinem Kissen fand oder wie er seine Finger durch ihre Haare fahren ließ. Er sollte auf keinen Fall daran denken, wie sie sich anhörte, wenn sie unter ihm lag,

an das Bett gepresst, und alles nahm, was er ihr gab und nach mehr bettelte ...
Obwohl Wyatt sich fühlte, als ob er sie intim kannte, vielleicht besser als jeden anderen in seinem Leben, war Lucy geradezu eine Fremde. Und wenn er etwas im Hirn hatte, würde das auch so bleiben. Wenn sie sich kennenlernten, dann gab es die Möglichkeit, dass sie sich verstehen würden. Oder noch schlimmer, dass sie sich verlieben würden. Dann würde unweigerlich einer von ihnen sterben und der andere würde für immer ruiniert sein.

Wyatt wusste, was es hieß, seine potenzielle Partnerin zu verlieren, er hatte es selbst schon einmal gespürt. Er hatte nicht beabsichtigt, sie sterben zu lassen, aber er wollte auch nicht, dass sie diese Art Schmerz spürte, das Gefühl, die wichtigste Person auf der ganzen Welt verloren zu haben.

Also trotz der Tatsache, dass er und Lucy sich in den kommenden Wochen oft sehen würden, öfter als Wyatt sich erträumte, würden sie sich definitiv, bestimmt, auf keinen Fall näher kommen. Vermutlich.

Stöhnend griff Wyatt nach seinem Kissen und stieg auf die Hinterbank des SUVs. Er brauchte dringend Schlaf. Schlaf würde helfen, seine Lust zu kontrollieren und ihm helfen, seine immer wachsende Neugier auf eine gewisse wunderbare Brünette zu zügeln.

Oder er hoffte es zumindest.

5

Lucy wachte früh auf, ihr Körper protestierte bei ihrer Entscheidung, auf dem harten Boden ihres Flurs geschlafen zu haben. Ihr kurzer Schlaf war voll von nervösen, mitreißenden Träumen gewesen und keine guten. Maskierte Angreifer, Messer an ihrem Hals, sie sah ihr Leben vor ihren Augen vorbeiziehen.

Lucy stöhnte, als sie aufstand, sie bemerkte, dass sie immer noch ihren Arztkittel trug. Sie hatte gestern Abend noch ihre Schuhe ausgezogen, aber mehr auch nicht. Nach einer kurzen Überprüfung des Hauses und nachdem sie sicher war, dass alles still und ruhig war, zog Lucy sich aus und duschte schnell.

Sauber und zumindest ein wenig erfrischt, überprüfte sie ihren heutigen Plan. Sie erinnerte sich an zwei Dinge gleichzeitig. Erstens, dass sie zwei Tage hintereinander frei hatte. Zweitens, dass ihr Auto noch am Krankenhaus stand und sie es holen musste, ehe sie ihre dringenden Erledigungen machte, wie z. B. einkaufen und ihre Wäsche abholen.

Stöhnend zog sie ihr letztes Paar sauberer Jeans und ein altes, weiches T-Shirt an. Es war ein wenig zu eng, aber sie liebte es und weigerte sich, es wegzuwerfen. Außerdem mochte sie den Gedanken, dass der besondere Farbton des Hemdes, das Königsblau, ihrem sommersprossigen Teint schmeichelte.

Sie ging in die Küche und fand den Kühlschrank leer vor. Nicht überraschend, wenn man bedachte, wie viele Stunden sie im letzten Monat gearbeitet hatte. Sie hatte nur noch zwei Wochen in dem Klinikjob und hatte bereits ihren letzten Tag und all das geplant. Danach würde sie weniger arbeiten, wenn sie rechtzeitig irgendwo ein Angebot für ihre Zusatzausbildung bekam.

Sie nahm eine Handvoll Fruchtriegel direkt aus der Schachtel und schaute auf den Stapel Post auf der Küchentheke. Einige Briefe, ein paar Päckchen, alle von Ausbildungsprogrammen aus dem ganzen Land. Bestätigungen und Absagen.

Bis jetzt hatte sie nur das Paket von Mount Mercy geöffnet und war nicht überrascht, ein Jobangebot im Inneren zu finden. Lucy hatte in mehreren Bereichen keine Erfahrung, aber sie war eine tolle, liebevolle Ärztin. Sie arbeitete hart und lächelte viel und ihre Patienten waren nicht die einzigen, die das bemerkten.

Der einzige Nachteil, weil sie sich jahrelang für zwei Jobs ihren Hintern abgearbeitet hatte, war, dass ihr Lebensstil und ihr Sozialleben darunter gelitten hatten. Sie hatte nur ein paar Dates im letzten Jahr gehabt, alle mit diesen Idioten, die ihre Mutter blind ausgewählt hatte. Nicht zu vergessen die Tatsache, dass sie auf jeden Fall ein paar Pfund zugenommen hatte, nachdem sie fünf Tage die Woche Takeout mitgenommen hatte. Ihre Yogamatte sammelte Staub im Schrank an und schmachtete traurig vor sich hin. Und an Sex mangelte es ihr auch, spitzenmäßig.

Achselzuckend warf sie die leere Verpackung des Riegels weg und machte sich bereit für ihre Besorgungen. Während sie ihr Portemonnaie nahm, hörte sie ein Klopfen an der Haustür.

Für eine Sekunde erstarrte Lucy. Ihr kam der Gedanke, dass es vielleicht ihr Angreifer von letzter Nacht war. Obwohl...

Andererseits hatte er ziemlich schlimm ausgesehen, nachdem Wyatt mit ihm fertig gewesen war. Auf Socken rutschend ging Lucy zur Tür und schaute durch das Guckloch.

„Wenn man vom Teufel spricht, kommt er", murmelte Lucy mit hochgezogenen Augenbrauen.

Ihr geheimnisvoller, dunkelhaariger Retter stand vor der Tür, sein Kopf drehte sich, um die Straße zu beobachten. Sie hatte ihn nur einmal gesehen, aber sie erkannte ihn sofort; Wyatt war nicht der Typ von Mann, den man so einfach vergessen konnte.

Er drehte sich zur Tür, wo sie ihn anstarrte, und hob seine Faust, um noch einmal zu klopfen, sein Ausdruck wurde besorgter. Lucy sprang auf und entriegelte das Schloss und machte die Tür auf. Mehrere Sekunden lang starrten sie sich einfach nur an. Lucy bemerkte, dass Wyatts sie von oben bis unten ansah. Sie wurde rot und war sich unsicher, wie sie seine ehrliche Prüfung deuten sollte.

„Der Schlüsseldienst ist da", sagte Wyatt endlich und unterbrach die wachsende Spannung.

Lucy öffnete ihren Mund und schloss ihn wieder und leckte sich über ihre Lippen. Sie bemerkte ein dunkles Auto das auf die Einfahrt fuhr, an der Seite prangte ein Schlüssel mit Schloss.

„Ähm", schaffte sie es zu sagen, und wurde noch röter. Jetzt musste sie wahrscheinlich schon aussehen wie eine reife Tomate. Seeeeeeehr schmeichelhaft.

„Gehts dir gut?", fragte Wyatt und sein Kiefer spannte sich an. Er sah über ihre Schulter ins Haus, als ob er nach Gefahren suchte.

„Ähm. Ja. Bist du sicher, dass das notwendig ist?", fragte Lucy und runzelte die Stirn. „Ich will dich ja nicht beleidigen, aber letzte Nacht war wahrscheinlich nur Zufall. Und du und ich ..."

Sie hielt inne und Wyatt nahm ihren Gedankenzug auf.

„Wir kennen uns nicht", sagte er langsam und warf ihr einen prüfenden Blick zu. Er dachte über ihre Worte nach und neigte seinen Kopf. „Was wenn ich dich einfach bitte, mir zu vertrauen? Der Mann, der dich letzte Nacht angegriffen hat, war ein Auftragskiller, glaub ich. Wer immer ihn bezahlt hat, ist immer noch da draußen und will dir wehtun."

Lucy schüttelte ihren Kopf.

„Das kannst du nicht sicher wissen", sagte sie.

Er zögerte, aber stimmte ihr auch nicht zu. Sie hatte das bestimmte Gefühl, dass er ihr etwas vorenthielt, aber sie würde ihn nicht nach Details fragen.

„Okay", sagte sie und zog ihre Nase kraus. „Ich denke, du solltest gehen."

Sie wollte die Tür schließen, aber Wyatts Hand schoss hervor und hielt sie auf.

„Die Schlösser. Lass den Mann das machen. Das ist alles, worum ich dich bitte. Ich werde dafür bezahlen", bestand Wyatt darauf. Er sah so besorgt aus, dass Lucy weich wurde.

Sie biss sich auf ihre Lippe, dann nickte sie.

„Okay. Okay. Aber ich komme raus", sagte sie.

Sie schob die Tür weit auf, legte ihr

Portemonnaie auf den Flurtisch und ging hinaus.

Mit Zustimmung auf seinem Gesicht wich Wyatt zurück, machte ihr Platz und stellte sie dem Schlosser vor, einem Mann in den Vierzigern in einem grauen Overall mit Firmenlogo auf der Brusttasche.

Während der Mann begann, die Schlösser auszutauschen, lehnte sie sich an die Verandawand und beobachte Wyatt genauer und versuchte ihn zu verstehen. Sie waren völlige Fremde, ihr einziges Treffen war nur zufällig gewesen. Was hatte er von dieser Situation? War es, weil er sie einmal gerettet hatte und sich jetzt irgendwie verantwortlich fühlte?

Lucy nahm ihn in Augenschein, während sie darüber nachdachte. Er war riesig, wahrscheinlich 1,98 m. Wie ein Fels in der Brandung mit breiten Schultern und vielen Muskeln. Dunkles, sauber geschnittenes Haar, scharfe hellblaue Augen und ein sauber rasiertes Kinn, dessen Winkel scharf genug aussahen, um Stein zu schneiden. Lucy blinzelte ihn an und überlegte, ob er sich wohl kürzlich erst rasiert hatte, weil sie sicher war, dass er letzte Nacht viele Bartstoppeln gehabt hatte. Ein weicher, femininer Teil ihres Gehirns versuchte gerade zu entscheiden, was sexier aussah.

Sie holte tief Luft und nahm seine Kleidung in Augenschein, sie versuchte, na ja alles an ihm in Augenschein zu nehmen. Er trug dunkle, modische Jeans, die Manschetten hochgekrempelt, sodass man seine schwarzen Motorradschuhe sehen konnte. Er trug ein passendes weißes T-Shirt unter seiner schweren, schwarzen Lederjacke, obwohl es draußen schon fast zu warm dafür war.

Lucy presste ihre Lippen zusammen und erkannte, dass es ihr wirklich an detektivischen Fähigkeiten fehlte. Alles, was sie herausfand, war, dass seine Kleidung ziemlich teuer aussah, also war er vermutlich nicht obdachlos. Toll.

Die meiste Zeit ließ Wyatt sie in Ruhe, während er jede Bewegung des Schlossers beobachtete. Als der arme Mann einen Schritt in Lucys Haus machte, legte Wyatt seine Hand auf die Brust des Mannes und hielt ihn auf, ein kleines Knurren kam aus Wyatts Kehle.

„Sie fragen bitte um Erlaubnis, ob Sie hineingehen dürfen", befahl Wyatt und starrte den Mann an.

Lucy versteifte sich bei dem vereinnahmenden Ton. Der Schlosser wurde blass und drehte sich zu Lucy, sein Blick war entschuldigend. Lucy sagte etwas, noch ehe der Mann fragen konnte.

„Das ist in Ordnung", versicherte sie beiden Männern. Sie warf Wyatt einen scharfen Blick zu, dann lächelte sie den Schlosser an. „Tun Sie, was immer Sie tun müssen."

Wyatt warf ihr einen langen Blick zu und schaute sie von Kopf bis Fuß an. Lucy fühlte sich bei dem Gewicht seines

Blicks unwirklich, transparent und ausgeliefert. Sein Blick war merkwürdig und völlig unangebracht für einen Fremden. Er fühlte sich vielleicht verantwortlich für sie wegen gestern Nacht, aber Wyatt schaute sie an, als wenn er sie kannte, als wenn sie *ihm* gehörte.

In ihrem Kopf ging ihr irgendwo ein Licht auf. Sie hatte diesen Blick schon einmal gesehen, bei ihrem Möchtegern-Date Kurt. Er hatte sie auch so angesehen, als wenn der Besitz von Lucy offensichtlich wäre. Wyatt und Kurt waren die einzigen männlichen Werbären außerhalb ihrer Familie, mit denen Lucy in den letzten Jahren zu tun gehabt hatte; vielleicht verhielten sich alle männlichen Berserker so und Lucy hatte es nur nicht bemerkt.

„Ich hoffe, es hat dir keine großen Umstände bereitet, hier herzukommen und das zu tun", sagte Lucy zu Wyatt, und deutete auf den Schlosser. „Ich bin mir sicher, du hast andere Dinge zu tun."

Wyatts Blick war unleserlich. Er

zuckte mit den Schultern und schüttelte den Kopf.

„Nicht wirklich. Ich glaube, ich werde dich eine Weile beschatten, denke ich", antwortete er.

Lucy fiel die Kinnlade herunter.

„Wie bitte?", krächzte sie.

Wyatt zog eine Augenbraue hoch und verschränkte die Arme.

„Bis die Gefahr vorbei ist."

„Das tut mir leid, aber wie ich bereits gesagt habe, du weißt ja nicht einmal, ob ich überhaupt in Gefahr bin. Und wenn ich das wäre, dann ist das ja wohl nicht dein Problem. Wenn du glaubst, dass ich in Schwierigkeiten stecke, dann sollte ich vielleicht zur Polizei gehen", sagte Lucy und verschränkte ihre Arme und straffte ihre Schultern, um seine Haltung nachzumachen.

„Wenn du dich dann besser fühlst, kannst du gerne zur Polizei gehen", sagte Wyatt unversöhnlich. „Das ändert aber nichts für mich. Ich werde dich trotzdem beschatten."

„Warum?", wollte Lucy wissen. „Zahlt dich jemand? Mein Vater vielleicht?"

„Nein", sagte er.

„Warum ist es dir dann so wichtig? Du scheinst sicher zu sein, dass mir etwas passieren wird, dass ich in Gefahr bin. Dafür muss es einen Grund geben. Was weißt du?"

Wyatts Kiefer spannte sich an und ein Muskel zuckte. Dieser eiskalte blaue Blick brannte sich in ihre Augen, aber Lucy schaute nicht weg. Auf keinen Fall würde eines Tages einfach so ein Kerl auftauchen und das Sagen hier haben, egal wie gut er vielleicht aussah.

„Ich kann das nicht erklären, ich weiß es einfach", sagte er endlich.

Lucys reckte ihr Kinn und Abwehr erfüllte ihre Brust.

„Okay. Sobald die Schlösser ausgetauscht sind, will ich, dass du mein Grundstück verlässt."

Wyatts zog die Augenbrauen hoch, aber er wehrte sich nicht dagegen.

„Okay. Du hast meine Nummer, wenn du mich brauchst. Das ist mein Auto", sagte er und zeigte auf einen teuer aussehenden, schwarzen SUV auf der anderen Straßenseite. „Ich werde bis auf Weiteres in der Nähe sein."

Er drehte sich auf dem Absatz um und ging zu seinem Auto und setzte sich auf den Fahrersitz. Seine Wut war stählern, aber seine Entschlossenheit war genauso klar. Mit Wyatt und Kurt, dachte Lucy, dass sie wohl nur die falschen Typen anzog, stark und grüblerisch und viel zu übertrieben.

„Tut mir leid zu unterbrechen", sagte der Schlosser und kam an Lucys Seite.

Lucy warf ihm ein dankbares Lächeln zu.

„Kein Problem", sagte sie zu dem Mann.

„Ich bin hier fertig. Ich habe bemerkt, dass Sie ein paar lose Fensterschlösser an der Hintertür haben", sagte der Schlosser und deutete mit dem Daumen über seine

Schulter. „Wenn Sie sich Sorgen um Ihre Sicherheit machen, sollten Sie wohl besser etwas Besseres anbringen."

„Ich kümmer mich darum", unterbrach Wyatt. Er zog sein Portemonnaie heraus und brachte ein Bündel voller Scheine zum Vorschein und gab das Geld dem Schlosser. „Schlüssel?"

Der Schlosser schaute zwischen Wyatt und Lucy hin und her und streckte dann seine Hand aus mit den Schlüsseln auf seiner Handfläche. Lucy knurrte und nahm sie von dem Mann und starrte Wyatt dabei die ganze Zeit an. Wyatts Lippe zuckte, aber er protestierte nicht.

„Danke", sagte Lucy zu dem Schlosser, der sich an die Mütze tippte und ging, ohne noch einmal zurückzuschauen.

„Ich lasse heute Abend neue Fensterschlösser anbringen, wenn es geht", sagte Wyatt und sah nachdenklich aus.

„Spätestens morgen. Vielleicht sollte

ich dir gleich ein ganz neues Sicherheitssystem anbringen."

„Danke, aber das ist nicht deine Angelegenheit", keifte Lucy und war gereizt bei der Vorstellung, dass er einfach auftauchte und in ihrem Haus und ihrem Leben die Kontrolle übernahm. „Und ich will wissen, wie viel du ihm gezahlt hast, damit ich dich zurückzahlen kann."

Wyatt hatte sogar die Nerven, seine Augen bei der Forderung zu rollen.

„Das passiert nicht."

Lucy schnaubte und griff nach ihrem Portemonnaie auf dem Tisch. Sie nutzte ihre neuen Schlüssel, schloss die Vordertür zu und ging zur Einfahrt, nur um dann wieder zurückzukommen. Sie hatte vergessen, dass ihr Auto noch am Krankenhaus stand.

Sie fischte ihr Handy aus ihrer Tasche und wählte durch ihre Kontakte, bis sie die Nummer von Checker Cab gefunden hatte, ihrem üblichen Taxiunternehmen.

„Steig einfach ins Auto, ja?", sagte

Wyatt und griff nach ihr und bedeckte ihr Handy mit seiner großen Hand.

„Nein, danke. Ich will nichts von dir." Sie drückte auf *Wählen*, dann quietschte sie, als Wyatt ihr das Handy aus den Fingern nahm und auflegte.

„Keine Taxis, bis das hier vorbei ist. Es ist nicht sicher. Lass mich dich zu deinem Auto bringen und dann kannst du mich wieder ignorieren", beharrte er.

„Rette dich selbst, warte eine halbe Stunde und ich fahr dich."

Lucy griff knurrend nach ihrem Handy. Sie wusste, er hatte recht mit dem Warten und sie hatte noch viel zu tun heute.

„Gut", knirschte sie schließlich. „Lass es uns hinter uns bringen."

Wyatts Augenbrauen fuhren hoch und seine Lippe zuckte wieder."

„Nicht die Antwort, die ich normalerweise von Frauen bekomme", sagte er und ein Grübchen formte sich auf seiner Wange. „Ich zweifel daran, dass ich irgendwie die Frau bin, die du normalerweise triffst", schnaubte Lucy und die Worte waren aus ihrem Mund, ehe sie sie richtig durchdacht hatte.

„Da habe ich keine Zweifel", stimmte Wyatt zu und sein Lächeln verwandelte sich in ein wolfartiges Grinsen. Er streckte eine Hand aus und drängte sie in die Richtung seines Autos.

Lucy seufzte nur und stapfte zu seinem SUV, gewillt die nächsten zwanzig Minuten in hyper Geschwindigkeit zu verbringen. Wyatt war ihr bereits unter die Haut gegangen und das gefiel ihr überhaupt nicht.

Zum Glück schien ihr Wunsch wahr zu werden. Wyatt sagte kein Wort auf dem Weg zum Krankenhaus. Tatsächlich schaute er sie kaum an. Nach einer Minute verriegelte er die Türen, er schien steif und angespannt, seine Augen wanderten zwischen Straße und Rückspiegel hin und her.

„Ist etwas nicht in Ordnung?", fragte Lucy und wurde nervös.

Wyatt schüttelte seinen Kopf und

fuhr in eine Seitenstraße, er nahm eine längere und umständliche Route und Lucy kratzte sich am Kopf. Wenn sie verfolgt wurden, dann konnte sie das nicht mit Sicherheit sagen. Das Auto war zu ruhig und Lucy konnte nicht aufhören, Wyatt einer gründlichen Überprüfung zu unterziehen. Er war wirklich zu hübsch, um wahr zu sein. Wie eine Art Model für Motorradjacken, das direkt aus einem Magazin entsprungen und in Lucys Leben gelandet war. Lucy fuhr sich mit der Hand durch ihr Haar, sie wünschte sich, dass sie ein wenig mehr Wert auf ihr Äußeres gelegt hätte und vielleicht Make-up aufgelegt oder schönere Kleidung angezogen hätte.

Was zum Teufel tu ich hier? Wyatt ist nicht mein Date, er ist ein Typ, dem ich leidtue, weil er gesehen hat, wie ich gestern angegriffen wurde. Das ist keine Attraktion für ihn, es ist Mitleid. Reiß dich zusammen! Schimpfte Lucy sich selbst. Es schien, als ob ihr selbst auferlegtes Zölibat schon zu lange anhielt und jetzt sabberte sie bei jedem gut aussehenden Mann, der in ihre Richtung sah.

Zum Teufel, sie mochte Wyatt *nicht einmal*. Na ja, das stimmte nicht ganz. Sie kannte ihn nicht gut genug, um das zu entscheiden, aber was sie sah, zeigte ihr ein überhebliches, nerviges Arschloch.

Ihre Libido musste sich beruhigen und zwar schnell. Vielleicht würde sie später ausgehen und eine kurze Affäre finden, die ihr plötzliches Interesse an allen großen, dunklen und muskulösen Männern ein wenig lindern würde.

Als Wyatt hinter ihrem Auto zum stehen kam, war Lucy fast genauso angespannt wie er.

„Na dann, danke", sagte Lucy und schaute Wyatt ein letztes Mal an, ehe sie die Beifahrertür öffnete, um auszusteigen.

Wyatt nickte nur und schaute sie nur kurz an. Lucy wunderte sich plötzlich, ob ihr launenhaftes Verhalten ihn vielleicht beleidigt hatte. Obwohl sie wollte, dass er sie in Ruhe ließ, hatte sie nicht undankbar sein wollen.

„Hör zu Wyatt", sagte sie und dachte, sie sollte ihm entweder danken oder sich für ihre Unhöflichkeit entschuldigen.

„Das ist kein Problem", sagte er und seine Augen fielen erneut in den Rückspiegel. „Keine Sorge. Ich sehe dich bald."

Stirnrunzelnd glitt Lucy aus dem SUV und schloss die Tür hinter sich. Sie beeilte sich, um zu ihrem eigenen Auto zu kommen. Wyatt fuhr zurück und machte ihr Platz zum Zurückfahren und fuhr vom Parkplatz, aber folgte ihr in einem gehörigen Abstand.

Lucys Augenbrauen zogen sich zusammen, während sie beobachtete, wie er ihr zur Wäscherei folgte. Er parkte einen Block weiter und wartete, er grüßte sie nicht oder schaute sie nicht an, während sie vor seinem Auto die Straße überquerte.

Dasselbe passierte bei Starbucks, als sie anhielt um einen Latte zu holen. Und dann bei De-Lish, ihrer Lieblingsbäckerei. Und dann das Lebensmittelgeschäft ... und Target ... und die Waschstraße ...

Als sie aus der Waschstraße kam und Wyatt an der Ecke auf dem Parkplatz parken sah, fuhr sie neben ihn und rollte das Fenster hinunter und machte ihm ein Zeichen, dasselbe zu tun.

„Was machst du?", fragte Wyatt und warf ihr einen rauen Blick zu.

„Ich wollte dich dasselbe fragen", erwiderte Lucy. „Du musst mir nicht durch die ganze Stadt folgen."

„Ich habe dir doch gesagt, ich folge dir, bis die Gefahr vorüber ist."

„Und das ist ... wann? Wenn du das bestimmst?", beschuldigte Lucy ihn.

„Ja", sagte er einfach.

Lucy stöhnte und rollte das Fenster wieder hoch. Dann fuhr sie mit quietschenden Reifen vom Parkplatz. Sie entschied sich, die Dinge für ihn interessanter zu gestalten, sie machte ein paar plötzliche Wendungen und fuhr in Nebenstraßen hinein.

Zu ihrer Überraschung verlor sie Wyatt nach ein paar Minuten. Lucy fiel plötzlich ein, dass er sich nicht wirklich wie ein Einheimischer anhörte ... Wyatt war vielleicht nicht aus Seattle. Er lebte hier vielleicht nicht einmal, so weit sie wusste.

Das verdarb ihr das Spiel und da sie alles erledigt hatte fuhr sie nach Hause. Sobald sie in ihre Straße fuhr, fand sie Wyatts SUV auf der anderen Straßenseite parkend, ein paar Häuser weiter von ihrem Haus, wo er wartete.

Anstatt sich anzusehen, wie sehr sie ihren neuen geheimnisvollen Bekannten verwirrt hatte, fuhr Lucy in die Einfahrt, griff ihre Taschen und ging hinein. Sie bemerkte einen großen Karton, der auf der Türschwelle stand und nachdem sie ihre Taschen in das Wohnzimmer gebracht hatte, ging sie zurück, um ihn zu holen, und fand ihn überraschend schwer.

Im Inneren des Kartons entdeckte sie einen Haufen Sicherheitsschlösser für ihre Fenster so wie ein Karton mit Holzschrauben und einen schönen Akkuschrauber. Ein Geschenk von Wyatt, keine Zweifel. Sie fragte sich wieder, was er wusste oder dachte, dass er wusste, dass er so verdammt sicher über ihr Ableben war.

„Wo bin ich da wieder reingeraten?", fragte sie sich laut.

6

Um acht Uhr Abend starrte Lucy in den Spiegel und fragte sich, ob sie den Verstand verloren hatte. Ihr Nachmittag war unruhig und irgendwie langweilig gewesen. Sie hatte bereits alle Fensterschlösser ausgewechselt, ein wenig Netflix geschaut, sauber gemacht und sich selbst ein nettes, einsames Abendessen gekocht.

Um sechs schrieb sie Lexie und versuchte Pläne für einen Abend außer Haus zu schmieden.

Wir müssen ausgehen. Ich muss mich

betrinken, schrieb sie ihrer besten Freundin.

Bist du sicher, schrieb Lexie zurück, *dass du nicht von Aliens entführt worden bist?*

Haha, ich mein es ernst, erwiderte Lucy.

Ok. Lass uns zu Ms Mae's gehen. Gegen 8?

Ein Date, antwortete Lucy. *Holst du mich ab?*

Klar, antwortete Lexie.

Lucy konnte nicht anders und musste kichern. Lexie war so menschlich, wie sie nur sein konnte, aber sie bewunderte paranormale Männer jeder Art. Nach drei oder vier Wochen in der Medizinschule und besoffen wie noch nie, hatte Lucy Lexie ihre duale Natur gebeichtet und erwartet, dass ihre neue Freundin lachte oder spottete. Stattdessen war Lexie begeistert gewesen, und hatte Werbären, Werwölfe und sogar *Vampire* kennenlernen wollen.

Und seitdem war es normal geworden, zu Ms. Mae's zugehen, um dort übernatürliche attraktive Männer zu finden.

Jetzt stand Lucy vor dem Spiegel und fragte sich, ob sie wirklich die Eier hatte, dieses Outfit außerhalb des Hauses zu tragen. Sie hatte ein kurzes, trägerloses, kurvenreiches Kleid in leuchtendem karmesinrot angezogen. Dazu trug sie baumelnde Ohrringe, eine passende Halskette und einen hellen blutroten Lippenstift, Lucy fühlte sich ... na ja ein wenig gewagt angezogen. Es war auf jeden Fall eine Veränderung von ihrem blauen Krankenhauskittel, den sie normalerweise morgens, nachmittags und abends trug.

Ehe sie die Nerven verlieren konnte, hörte Lucy eine Hupe vor ihrem Haus. Ein Lächeln umspielte ihre Lippen. Sie eilte zur Vordertür und schloss alles gut ab. Als sie sich umdrehte und die Einfahrt herunter ging, fand sie Lexie in einem gepflegten weißen Mercedes Cabrio sitzen. Das Verdeck war heruntergezogen, Popmusik plärrte aus der Anlage und Lexie saß auf dem Fahrersitz und sah aus überaus zufrieden aus.

„Waaaaaas? Was zum Teufel, Lexi? Wem gehört das?", quietschte Lucy, als sie zum Auto ging.

Lexi warf theatralisch wie immer ihre Arme in die Höhe.

„Rate mal, wer ein frühes Geschenk von Mama und Papa zur Beendigung der Facharztausbildung bekommen hat?", rief Lexie und ihr Gesicht wurde rot vor Freude.

„Ach du meine Güte!", sagte Lucy und fuhr mit ihrer Hand über das cremefarbene Leder des Fahrersitzes.

„Steh da nicht rum. Steig ein!", rief Lexie.

Sobald Lucy im Auto war, startete Lexie den Motor und fuhr los in Richtung Innenstadt.

„Das ist das schönste Auto, in dem ich je gewesen bin", staunte Lucy und schaute sich das schöne Navigationssystem an.

„Nicht anfassen", sagte Lucy und schlug auf Lucys herumfahrende Hand. „Ich hab noch nicht herausgefunden, wie das funktioniert."

„Ich dachte, du wärst schlecht auf deine Eltern zu sprechen, weil sie wollen, dass du für deine Zusatzausbildung zurück nach Hause kommst ", sagte Lucy und schaute ihre Freundin an.

Lexie wurde ruhig und drehte die Musik ein wenig lauter. Lucy griff nach dem Knopf und drehte die Musik aus, wissend, dass ihre Freundin ein Geheimnis hatte, das sie teilen wollte.

„Spuck es aus", forderte Lucy.

„Mein Vater hat seine Verbindungen spielen lassen und hat mir eine Stelle bei Rush besorgt", gab Lexie zu.

„In *Chicago*?!?", fragte Lucy mit klopfendem Herzen.

Lexie zuckte mit den Achseln.

„Es ist eine gute Möglichkeit. Ich weiß, ich sagte, wir sollten beide bei Mount Mercy bleiben, aber..."

„Deine Eltern haben dafür gesorgt,

dass es sich gelohnt hat", sagte Lucy verständnisvoll. „Was haben sie dir noch gegeben?"

„Ein Haus", sagte Lexie und zog ihre Nase kraus. „Und viel Geld. Ich kann mich jetzt auf Neugeborenen-Operationen spezialisieren, wenn ich will. Und ich glaube, ich will."

Lexie warf Lucy einen prüfenden Blick zu und Lucy gab nach.

„Lexie, ich bin so stolz auf dich. Da ist die erwachsenste Entscheidung, die du je getroffen hast", sagte Lucy und griff herüber und drückte leidenschaftlich Lexies Arm. Lexie sah ziemlich erleichtert aus.

„Lustig, dass du das sagst, weil ich bin für heute fertig mit Erwachsensein. Der Rest des Abends wird nichts außer kindischem Verhalten und schlechten Entscheidungen sein, ich glaube, da ist auch Tequila mit drin", kicherte Lexie.

„Oh Gott", sagte Lucy und rollte mit ihren Augen.

Lexie parkte ein paar Blöcke entfernt

von Ms Mae's. Der Ort war eine benebelte mit Rauch gefüllte Holzbar, die sich um drei Wände schlang, mit jeder Menge Billardtische und einer dichten Menge aus Verwandlern, Vampiren oder anderen diversen übernatürlichen Typen. Es war ziemlich schäbig, aber die Drinks waren billig und die Klientel meistens heiß und single, also war es Lexie und Lucys Lieblingsbar an den seltenen Tagen, an denen sie gemeinsam frei hatten.

„Oh Gott", flüsterte Lexie, während sie ihre Ausweise einem muskulösen Türsteher überreichten und dann eintraten. „Dieser heiße spanische Werwolf ist wieder da. Das ist meine Chance, ihn noch abzuschleppen, ehe ich umziehe."

Lucy seufzte, während Lexie sie zur Bar und direkt in ein Rudel muskulöser, animierter Werwölfe zog. Lexie war Expertin im Flirten und innerhalb von Minuten gab es schon mehrere Runde Shots für die ganze Gruppe. Lucy nahm einen Shot Tequila, zuckte zusammen und wischte sich über ihre Augen. Dann wandte sie ihre Aufmerksamkeit den Männern zu, sie dachte, dass einer von ihnen vielleicht der Richtige zum Flirten und für ein wenig Spaß wäre. Sie musste mal loslassen und sich entspannen und tanzen. Vielleicht jemanden mit nach Hause bringen und sich von einem bestimmten rechthaberischen, dunkelhaarigen, gutaussehendem Fremden ablenken.

„Willst du lieber ein Glas Wein?"

Lucy schaute hoch und sah einen riesigen, rothaarigen Mann sie anschauen. Er sah gut aus, auf brutale Rugbyspieler-Art. Er schaute auf ihre zwei übrigen Tequilas und zog eine Augenbraue hoch.

„Nein, aber ich könnte ein wenig Gesellschaft gebrauchen", sagte Lucy und fühlte sich wagemutig. Sie gab ihm einen der Shots und hob ihn hoch. Ihr neuer Freund machte dasselbe und sie prosteten sich mit den Shots zu.

„Derek", sagte er und bot ihr eine große Hand zum Schütteln.

„Lucy", sagte sie und leckte den Tequila von ihren Lippen.

Sie schüttelten sich die Hände und Lucy hatte plötzlich das Gefühl, dass ihre Nacht noch sehr sehr interessant werden würde.

7

Wyatt stand an der Bar in einer Ecke der Spelunke und beobachtete Lucy und ihre modellartige Freundin, wie sie mit einem Haufen stämmiger Werwölfe tranken und lachten. Nachdem er einen kurzen Blick auf Lucy erhascht hatte, die in ein Kleid gekleidet war, das Wyatts Mund hatte trocken werden lassen, hatte er keine andere Wahl gehabt, und war ihr gefolgt.

Er war die ganze Fahrt über angespannt gewesen, war ihnen in gehörigem Abstand gefolgt und hatte gehofft, dass

Lucys Freundin unterwegs nicht das Auto zu Schrott fahren würde. So wie die Frau fuhr, war sie total verrückt.

Jetzt lauerte er hier im Schatten und blickte jede zum Flirten gewillte Frau böse an, die sich ihm näherte und ein kostenloses Getränk wollte. Anscheinend war dieser Ort eine Art Abschleppbar, weil Wyatt von einem Dutzend Menschen Männer und Frauen gleichermaßen angesprochen wurde. Die meisten waren Verwandler irgendeiner Art, aber es gab auch einige Vampire. Nicht überraschend, denn Vampire waren bemerkenswert omnisexuell und immer hungrig. Sex, Blut, saufen ... egal, solange sie die Lücke mit etwas füllten.

Wyatt nippte an seinem Bulleit Bourbon und wünschte sich, dass Lucy nicht mit diesen Männern anbändelte. Sie war süß, unschuldig auf ihre Art und dennoch stand sie hier und flirtete mit einem rothaarigen Hulk, der die Shot Gläser ständig mit bernsteinfarbener Flüssigkeit in Lucys Hand füllte. Lucy hielt ihr eigenes Glas, aber er konnte sehen, dass sie rot wurde, dass sie entspannt war und lachte. Wahrscheinlich war sie schon halb betrunken.

Er schaffte es, fast zwei Stunden unsichtbar zu bleiben, ehe Lucy ihn entdeckte. Das war ein elektrischer Moment, wie ein Strom in der Luft, Haare die sich an seinen Armen und in seinem Nacken aufstellten. Als Wyatt herüberschaute, und versuchte lässig zu erscheinen, obwohl sein Herz in seiner Brust hämmerte, fand er sich selbst in Lucys stahlgrauem Blick gefangen. Ihr Blick war unergründlich, eine Mischung aus Verwirrung und Wut, aber auch etwas anderes.

Dann brach Lucy den Augenkontakt ab und schaute zu dem Depp, der dumm genug war, um mit ihr zu flirten. Sie lachte über etwas, was er sagte, aber sie spielte es wirklich hoch und legte ihre Hand kurz auf die Brust des Mannes. Wyatt beboachtete, wie die Brust des Mannes anschwoll, er hatte ihr aggressives Flirten genauso aufgenommen, wie sie es meinte, ein Signal von aufrichtigem Interesse.

Während Wyatt zusah und nicht wegsehen konnte, klammerte er sich an sein Glas in seiner Faust. Er konnte nichts an ihrer Flirterei ändern. Sie war vielleicht seine zugedachte Partnerin, aber Wyatt hatte nicht geplant, die Dinge mit ihr weiter voranzutreiben. Er war ein Schutzengel, ein Aufpasser und sonst nichts. Egal, wie sehr er zu Lucy herüberstürmen und sie aus der Bar zerren wollte, sie küssen und berühren wollte, bis sie seinen Namen stöhnte, und er jede Erinnerung die sie an einen anderen Mann hatte, ausgelöscht hatte.

„Ich bin ein Idiot", murmelte er zu sich selbst. Er drehte seinen Stuhl um und behielt Lucy im Blick, während er auf irgendein bedeutungsloses Fußballspiel auf dem Bildschirm hinter der Bar sah. Er ließ seinen Körper sprechen, das Lügen vielleicht, das Lucy sagte, dass er nicht hier war um sie zu beschützen und ihr zu dienen, dass er ihr Date nicht ruinieren würde.

Es machte nichts, dass er im Inneren starb, besonders als der rothaarige Dummkopf sich nach unten beugte und etwas in Lucys Ohr flüsterte und ihr dann eine Locke aus dem Gesicht strich. Wyatt stöhnte laut und biss sich auf die Zunge, um sich zu kontrollieren.

Das lief nicht so gut, wie er es geplant hatte. Nicht überraschend wirklich. Obwohl die Menschen Wyatts Leben als leichtes Leben sahen, weil sie annahmen, dass ihm alles zuflog, stimmte das nicht. Er hatte das Bild aufrecht erhalten und sich den Hintern dafür aufgerissen. Es machte ihn zu einem respekteinflößenden Geschäftsgegner und zu einem wünschenswerten Berserker Verbündeten.

Hier in dieser schäbigen Verwandler Bar hatte er jedoch nichts außer einen Stapel, zerknitterter, weißer Cocktail Servietten bekommen, mit verschmierten Telefonnummern darauf von betrunken, ungeschickten Besitzern. Er hatte gerade begonnen, sie an der Bar zu stapeln und wenn jemand kam und es probieren wollte und ihm eine weitere Nummer zuschieben wollte, zeigte er einfach mit ausdruckslosem Gesicht auf den angesammelten Haufen.

„Willst du sie die ganze Nacht anstarren?"

Wyatt schaute herüber und fand Lucys atemberaubende Freundin auf dem Stuhl neben ihm sitzen und grinsen.

„Entschuldigung?", fragte Wyatt.

„Du hast mich schon verstanden", sagte sie und zog eine Augenbraue hoch. „Ich bin Lexie."

Sie streckte eine Hand aus und Wyatt schüttelte sie.

„Wyatt."

„Nett. Name wie ein Cowboy und gekleidet wie ein Großstädter", sagte Lexie und ihr Blick fuhr an Wyatts Körper ein paar Mal hoch und runter. „Ich sehe, warum meine Freundin dich den ganzen Abend anstarrt."

Wyatt schüttelte seinen Kopf, aber antwortete nicht.

„Willst du mir vielleicht einen Drink spendieren?", fragte Lexie und drehte sich auf ihrem Stuhl, sodass sie beide die Bar anschauten und Lucy den Rücken zugedreht hatten.

„Okay", sagte Wyatt achselzuckend. Er machte dem Barkeeper ein Zeichen und bestellte zwei weitere Bulleits on the Rocks. „Ich hoffe, du magst Bourbon."

Lexie schürzte ihre Lippen und ein reuevolles Lächeln blühte auf ihrem Gesicht auf.

„Zu blöd, dass Lucy dich zuerst entdeckt hat. Du bist ziemlich heiß und du hast einen guten Whiskey-Geschmack", lamentierte Lexie.

„Hier gehört keiner zu irgendwem", sagte Wyatt und zog ein paar Zwanziger hervor und gab sie dem Barkeeper im Austausch für die Getränke.

„Ernsthaft? Ihr beide habt euch die

ganze Zeit heute Abend angestarrt. Wenn du dir um den Typen Sorgen machst", sagte Lexie und deutete mit ihrem Daumen über ihre Schulter zu dem rothaarigen Mann neben Lucy.
„Keine Sorge. Sie hat keine Ahnung, wer das ist."
Wyatt zog eine Augenbraue hoch.
„Du bist ziemlich gesprächig", bemerkte er.
Lexie strahlte ihn an und nahm ihr Whiskey Glas und lehnte sich herüber.
„Ich versuche gerade, mit dir zu flirten, um Lucy eifersüchtig zu machen. Ich dachte, so wie ihr euch anguckt, inspiriert sie das vielleicht, ihren Hintern in Gang zu setzen."
Wyatt warf ihr einen langen Blick zu und nippte an seinem Bourbon.
„Warum interessiert dich das?", fragte er und behielt einen lässigen Ton.
„Sie hat wirklich viel gearbeitet in letzter Zeit und hat nicht viel auf sich geachtet. Sie verdient es, ein wenig Spaß zu haben und es scheint, dass du ein

Auge auf sie geworfen hast. Es macht mir nichts, dir zu sagen, dass ich glaube, sie wird heute Abend mit jemand anderem nach Hause gehen. Du siehst besser aus als die anderen Männer und nachdem ich mit dir gesprochen habe, bin ich mir sicher, dass du intelligenter bist."

„Macht das überhaupt was bei einem One-Night-Stand?", fragte Wyatt.

„Bei Prinzessin Lucy auf jeden Fall", erwiderte Lexie mit einem Lächeln.

„Mmmhh", sagte Wyatt.

„Im Ernst. Ich gehe mit diesem großen, dunkelhaarigen und gutaussehenden Stück Muskelprotz hinter uns in …" Lexie schaute auf ihre Uhr. „Siebzehn Minuten. Also unternimmst du besser etwas, Chef. Entweder so oder du siehst, wie sie mit diesem seelenlosen Höhlenmann da nach Hause geht."

Wyatt wusste darauf keine Antwort. Lexie kicherte und schluckte den Rest des Bourbons hinunter und knallte das Glas auf die Bar.

„Danke für das Getränk", sagte sie mit einem Lächeln. Sie ging zurück zu ihrer Gruppe und hielt auf dem Weg an, um Lucy etwas zu zumurmeln, die rot vor Wut wurde und sich hinter dem rothaarigen Clown versteckte.

Wyatt wartete ein paar Minuten. Wie sie gesagt hatte, ging Lexie ein paar Minuten später und ließ Lucy an der Bar mit den vielen hungrig aussehenden Wölfen zurück. Der Rothaarige legte seine Hand auf ihre Taille und versuchte sie näher ran zuziehen und Wyatt sträubte sich. Sein Bär wollte an die Oberfläche, bereit und bemüht darum, um seine Partnerin zu kämpfen.

Er war schon halb aus seinem Sitz, als Lucy den Mann zurückwies und ihn zurück schubste. Mit einem nervösen Blick zwischen Wyatt und dem Rothaarigen, trank Lucy ihr Getränk aus und floh. Zuerst dachte Wyatt sie würde gehen, aber Lucy ging einfach nur auf die Tanzfläche und verschwand in der

Menge der Körper, die sich im Takt der pulsierenden Musik bewegte. Der Rothaarige war zwei Schritte vor ihm, aber Wyatt war sofort bei ihm.

„Lass sie in Ruhe", knurrte Wyatt. „Sie ist bereits vergeben."

Der große Wolf wich sofort zurück, wie Wyatt sich bereits gedacht hatte. Wölfe nahmen Beziehungen sehr ernst, sogar außerhalb ihrer eigenen Art. Wyatts Worte waren ausreichend den Wunsch des Mannes Lucy zu verführen zu töten, obwohl Wyatt geschwindelt hatte.

Mit einem letzten warnenden Blick auf den großen Mann drehte Wyatt sich um und drängte in die Menge, um nach Lucy zu suchen. Es dauerte eine Minute, ehe er sie in einer entfernten Ecke der Tanzfläche fand, wo sie bereits von drei eifrigen Männern umringt war. Niemand war so nahegekommen, dass er sie berühren konnte, aber Wyatt würde nicht zulassen, dass sie Mut dafür sammelten.

Er schlich sich hinter sie und verscheuchte ihre neuen Bewunderer mit einem einzelnen Blick. Er kam näher und näher bis er nur eine Handbreite von dort entfernt war, wo Lucy stand und sich mit Hingabe bewegte. Ihre Hände glitten über ihren Körper und ihre Hüften zuckten im Takt der Musik.

Sie hob ihr langes Haar hoch und legte ihre Nacken und Schulter frei. Wyatt war so nahe, seine Sinne so aufeinander abgestimmt, dass er tatsächlich sah, wie sich eine Gänsehaut über ihre Haut ausbreitete, als sie seine Nähe spürte.

Sie wirbelte herum und Lucy fiel fast in seine Arme, ihr Kopf glitt nach hinten, um in sein Gesicht zu starren. Wyatt hielt sie mit einer Hand an der Taille fest und ein Lächeln umspielte seine Lippen. Sie war wirklich so wunderschön. Wie hatte ihre Freundin Lexie es genannt? Ein wenig locker?

„Ich hab dich", sagte er und zog ihr Haar näher.

Lucy zog eine Augenbraue hoch und zuckte mit den Schultern, dann tanzte sie weiter. Als Wyatt sich mit ihr bewegte, biss sie sich auf ihre Lippe und kam näher. Ihr Körper berührte seinen, ihre Tanzbewegungen wurden sinnlicher, zweideutiger.

Verdammt, sie brachte ihn jetzt um. Noch zwei Zentimeter näher und sie würde sich an der ganzen Länge seines Schwanzes rekeln. Wyatt war hart für sie, das war er, seit er sie in der Bar entdeckt hatte. Oder vielleicht seitdem sie hinten bei ihm aufs Motorrad gestiegen war. Tatsächlich war er schon seit Monaten von ihr besessen, seit seiner ersten Vision von ihnen, wie sie zusammen im Bett gelegen hatten.

Wenn die süße kleine Lucy wüsste, dass er sich einen runtergeholt hatte, während er sich die dreckigsten Dinge mit ihr vorgestellt hatte ... Sie hatte keine Ahnung, aber sie spielte auf jeden Fall mit dem Feuer. So nahe zu sein ließ seine Hände zucken und er konnte nicht anders und legte sie auf ihre Taille und ihren unteren Rücken.

Sie antwortete natürlich. Lucy war eine reine, heiße Flamme, die ihn verbrannte, als er sie berührte, ihr Atem ging stoßweise, ihre Brüste hoben sich gegen ihr Kleid und ihre Lippen teilten sich, während sie sich bewegte und ihn beobachtete.

Wyatt spannte seinen Kiefer an, selbst als er sich zeitgleich mit Lucy bewegte und ihre Körper in perfekter Synchronisation waren. Er wusste, dass das falsch war. Lucy war eine verdammte Ärztin, und hatte alles unter Kontrolle, sie verdiente jemanden, der gut und anständig und stabil war. Wyatt konnte nicht mal eine eigene Wohnung vorweisen, da er immer nur ein paar Jahre an einem Ort blieb. Er hatte ein beeindruckendes Unternehmen, aber hauptsächlich, weil ihm langweilig war und er in neuere, interessantere Bereiche investierte, wie es ihm gefiel. Er war ein nerviges Arschloch, ein Frauenheld und hilflos, in fast jeder Qualität, die ein Partner fordern würde.

Kurz gesagt, Wyatt und Lucy gehörten nicht in dieselbe Existenzebene. Genauer, Wyatt hatte bereits vorhergesehen, was passieren würde, wenn er die Dinge mit Lucy vorantrieb. Er hatte die große, alles verzehrende Liebe des Lebens ja ... aber nur solange er lebte. Wenn er sein Alter in seinen Visionen schätzte, dann würden sie höchstens ein paar Monate zusammen haben.

Und dann würde einer von ihnen sterben.

Gerade als Wyatt sich entfernen wollte, kam Lucy näher. Sie schlang ihre Hände um seinen Hals und die Überraschung über ihre Tat ließ ihn an Ort und Stelle stehen bleiben. Ihr Körper presste sich fest an seinen, die Weichheit ihres Körpers schmiegte sich perfekt an seinen. Sie schaute zu ihm hoch und ihre Augen wurden weit, als sie seinen erregten Zustand bemerkte.

Wyatt holte tief Luft und war bereit

für ihren Rückzug, aber Lucy leckte sich über ihre Lippen, ihre Pupillen erweiterten sich um einen Bruchteil. Ihr Kopf ging noch weiter zurück, ihre Lippen teilten sich und lockten ihn ... Er konnte nicht widerstehen. Nur einmal kosten, nur einmal. Wyatt ließ seine Finger in ihre Locken gleiten und streifte mit seinem Mund über ihren, er fuhr mit seiner Zunge über ihre üppige Unterlippe. Er konnte spüren, dass sie ein Geräusch machte, der Ton vibrierte an seiner Lippe und das stachelte ihn an, ließ ihn weiter machen.

Er arbeitete mit seinen Lippen an ihren, bis sie sich für ihn öffnete. Seine Zunge tauchte in ihren Mund, fuhr herum und nahm sie in Besitz, er entdeckte ihren süßen Geschmack und die feuchte Hitze. Seine freie Hand fuhr zu ihren üppigen Brüsten und seine Fingerspitzen spielten an der nackten Haut über ihrem Schlüsselbein und schoben den Träger ihres Kleids herunter.

Lucy verweigerte ihm nichts. Sie ermutigte ihn, zog an seinem Nacken und presste ihre Hüfte gegen seine, und quälte ihn. Ihre Zunge traf seine, forderte jedes bisschen, so wie sie gab. Er konnte bereits sagen, dass sie eine herausfordernde Liebhaberin war, sie nahm und gab gleichermaßen, trieb ihn und verlangte alles von ihm, was er zu geben hatte.

Ein vertrautes Gefühl kitzelte in seinen Gedanken, etwas wie ein Déjà-vu. Er schob es weg, griff ihre Locken ein wenig fester und presste seine Zunge gegen ihre, er schob seinen Daumen unter die Kurve ihrer Brust. Er widerstand allem, was nicht Lucy war, schob die Welt weg, verlor sich in ihr, das war seine einzige Chance das aus erster Hand zu erleben, außerhalb seines Traumes.

Die Vision überkam ihn, nahm ihn in Beschlag und lähmte seine Fähigkeit zum Denken. Sein Körper war weg, die Tanzfläche war weg. Lucy war nicht weg, aber sie war nicht mehr in der Bar.

Lucy war in einem kleinen, fröhlichen, gelb gekachelten Badezimmer und saß am Rand einer Badewanne auf Füßen. Ihr Gesicht war mit Tränen überströmt, ihre Augen rot, ihre Brust schwer, während Schluchzer durch ihren schmalen Körper zuckten. Wyatt versuchte, sich selbst wahrzunehmen, so wie er es in einigen seiner Visionen konnte, aber er fand nichts. Da war nur Lucy, die mit zitternden Händen ein kleines Stück Plastik hielt. Wyatt schaute ihr zu, während sie sich auf das weiße Plastikstäbchen konzentrierte das vielleicht 10 cm lang war.

Während er zusah, starrte Lucy drauf. Es war ein kleines Papierfeld am Ende, perfekt weiß und blank. Dann kräuselte sich das Papier und produzierte ein perfektes blaues +.

„Mist. Mist, Mist, Mist", murmelte Lucy und schüttelte ihren Kopf.

Sie versteckte das Plastikstäbchen in einer Ecke und grunzte wütend.

„Wyatt ...", flüsterte Lucy und erneut kamen ihr die Tränen.

„Lucy, wir müssen jetzt zur Beerdigung", erklang eine weibliche Stimme. Eine die Wyatt jetzt erkannte, denn Lexie hatte sich ihm selbst erst vor einer Stunde vorgestellt.

Jemand klopfte an der Tür, dennoch konnte Wyatt nicht den Rest des Badezimmers sehen.

„Lucy, bitte komm raus, Süße", sagte Lexie.

„Ich komme", sagte Lucy und wischte sich übers Gesicht.

Sie sprang auf und griff den Schwangerschaftstest und warf ihn in den Müll. Lucy starrte einen langen Moment darauf und dann verschwand die Vision.

„Wyatt", sagte Lucy und schüttelte ihn.

Wyatt zwinkerte und dann war er wieder auf der Tanzfläche, wo er wie angewurzelt stand.

„Hey. Wyatt", sagte Lucy und sah besorgt aus.

„Wir können das nicht machen", murmelte Wyatt.

„Lass uns rausgehen und ein wenig frische Luft schnappen", schlug Lucy vor.

„Wir gehen", sagte Wyatt.

„Wir machen was?", fragte Lucy und schaute ihn merkwürdig an. „Du bist gerade megamerkwürdig. Vielleicht solltest du ein Taxi nehmen und nach Hause fahren."

„Und dich hier lassen, damit du mit einer Reihe von Werwölfen tanzt?", fragte Wyatt mit einer Grimasse.

„Wohl eher nicht."

Lucy runzelte die Stirn.

„Geh nach Hause, Wyatt."

Sie drehte ihren Kopf wieder zur Bar. Wyatt griff nach ihr und drehte sie herum und hob sie hoch und legte sie mit Leichtigkeit über seine Schulter.

„Wyatt!", kreischte sie.

Wyatt schlang einen Arm um ihren Körper und hielt sie an seiner Schulter. Er ging zum Ausgang und amüsierte sich dabei, wie die Menge sich für ihn teilte, während er ging. Sobald er aus der Tür war, kam der Türsteher auf ihn zu.

„Hey, gibts hier ein Problem?", fragte der Türsteher und schaute an Wyatt hoch und runter und drehte dann seinen Kopf zur Seite, um Lucy anzusehen.

Da Lucy ruhig war, warf Wyatt dem Türsteher einen Blick zu. Er musste ein Grinsen unterdrücken, es war ein Spiel gewesen und er hatte sich gedacht, dass Lucy keine Szene machen würde, aber es hatte sich auf jeden Fall zu Wyatts Gunsten ausgezahlt.

„Wir verstehen uns, oder nicht, Süße", fragte Wyatt Lucy.

Lucy grunzte, aber das war ausreichend für den Türsteher. Er zuckte mit den Schultern und ging wieder hinein.

„Lass mich runter", knurrte Lucy.

„Mach ich gleich."

Wyatt ging zu seinem Motorrad und setzte Lucy auf den Sitz.

„Rutsch zurück", befahl er.

Lucy verschränkte ihre Arme und

war nicht bereit, zu gehorchen, jetzt wo sie kein Publikum mehr hatten.

„Was ist da auf der Tanzfläche passiert? Du warst total bleich, wie jemand, der einen tonischen Krampfanfall hat. Hast du Epilepsie?", wollte sie wissen und schaffte es, irgendwie besorgt und wütend gleichzeitig auszusehen. „Wenn ja, dann solltest du nicht Motorrad fahren."

Wyatt schüttelte seinen Kopf.

„Nichts dergleichen", versicherte er.

„Das beruhigt mich nicht. Warst du schon beim Arzt? Hattest du ein CT oder ein MRT?", fragte sie.

Wyatt seufzte.

„Ich kann dir das nicht erklären, aber ich bin nicht krank. Ich verspreche es. Jetzt rutsch zurück", sagte er und griff nach seinem Helm und setzte ihr ihn auf den Kopf, ehe sie noch weitere Fragen stellen konnte.

Er überließ es der Ärztin, zu glauben, dass seine mythischen unmöglichen Visionen eine Art medizinischer

Zustand oder ein Gehirntumor oder so was waren. Wenn er nur ein Problem hätte, das so gelöst werden konnte, dachte Wyatt. Er würde Lucy nur liebend gerne das verdammte Ding aus seinem Schädel schneiden lassen.

Er stieg auf sein Bike, nahm Lucys Hand und schlang sie wieder um seine Taille. Die egoistische, fordernde Stimme in ihm musste ihre Berührung spüren und wissen, dass sie nah war, dass er sie vor allem im Moment beschützen konnte.

Eine weitere Stimme, weich und klein, lauerte im Hinterkopf und sagte, dass jede Berührung, jeder kokette Blick, jedes einzelne persönliche Detail, das er erfuhr oder mit Lucy teilte, ihn alles näher an die unvermeidliche Klippe brachte, zu dem Fall aus einer Höhe, die so hoch war, das niemand das überleben konnte.

Wyatt fuhr los und schaute auf den Tachometer während er zu Lucy nach Hause führ. Er verbrachte die nächsten fünfzehn Minuten damit, sich selbst zu beschimpfen, weil er so idiotisch war, seine sorgfältig aufgebauten Mauern zu zerstören, und er versprach sich selbst, dass er nicht weitergehen würde. Er würde sie beschützen. Er würde ihr dienen. Er würde sie auf keinen Fall anfassen. Oder küssen oder irgendwelche anderen Dinge tun, die er so verzweifelt gern mit ihr tun wollte.

Als er endlich in Lucys Einfahrt bog, hatte Wyatt sich wieder unter Kontrolle. Er machte den Motor aus und wartete, aber Lucy bewegte sich nicht. Zu seiner Überraschung hatte sie es geschafft, auf dem Weg nach Hause leicht einzudösen, zweifellos waren daran der Tequila und das Geräusch seines Motorrads schuld.

Mit großen Schwierigkeiten schaffte Wyatt es, sie vom Motorrad zu heben und ins Haus zu tragen, ohne das sie aufwachte. Er schloss auf und trug sie hinein und bewegte sich vorsichtig im Dunkeln. Es dauerte eine Minute, ehe er ihr Schlafzimmer fand, aber sobald er hineintrat, wusste er sofort Bescheid. Alles war weich und weiß. Der Raum roch nach ihr, so sauber wie er war. Es schrie nach Schlichtheit und Komfort und war einfach Lucy.

Wyatt legte sie auf ihr Bett und zog ihr die Schuhe aus. Nach einem Moment des Überlegens machte er ihr den Reißverschluss des Kleids auf und zog es ihr aus, er zog die Bettdecke um sie und wickelte sie ein. Dann verließ er ihr Schlafzimmer und fühlte sich unentschlossen. Obwohl er wusste, dass er auf keinen Fall in ihrem Zimmer bleiben sollte, war er sich nicht sicher, was er jetzt tun sollte.

Er war hatte es satt, in seinem Auto zu leben. Ehrlich gesagt wollte er unbedingt eine Dusche und einen guten Nachtschlaf. Der einzige Weg, beides zu bekommen, wäre hier in ihrem Haus zu bleiben.

Nachdem er wieder und wieder darüber nachgedacht hatte, entschied er, dass er zumindest heute Nacht im Haus schlafen konnte. Zu duschen, ohne sie zu fragen, wäre ein wenig zu aufdringlich, aber er konnte sich zumindest auf die Couch fallen lassen.

Er holte seine Tasche und seinen Laptop aus seinem Auto, ließ das Zeug auf der Couch liegen und machte eine ausführliche Inspektion ihres Hauses und fand die Sicherheitsmaßnahmen ziemlich unter dem Standard, den er sich erhofft hatte.

Sie hatte immerhin die Fensterschlösser ausgetauscht, aber es gab mehrere weitere Schwachstellen. Ihre Hintertür war dünn und die Vordertür war in buntes Glas gerahmt. Es gab Zugänge zum Dachboden von drei verschiedenen Stellen und er hatte auch ein Dachfenster gesehen. Der Ort war ein Sicherheitsalbtraum.

Einen Moment lang wunderte Wyatt sich, ob Lucy ihm erlauben würde, sie an einen sicheren Ort zu bringen. Eine Penthousesuite in seinem Hotel zum Beispiel. Oder besser, ein sicheres Haus.

Er könnte mit einigen Kontakten beim FBI in Kontakt treten und ihr vielleicht sogar privaten Schutz organisieren …

Aber wie lange? Das war das Problem. Wyatt konnte nicht sagen, woher er wusste, dass sie in Gefahr war und er wusste nicht, wie lange es dauern würde, bis Lucy wieder sicher war. Abgesehen vom Geld sagte ihm die Praxis, dass er sie nicht einfach für die nächsten sechs Monate oder für ein Jahr einsperren konnte.

Und dann war da noch die Tatsache, dass Lucy ihm nicht viel erlauben würde. Ihm gefiel ihr Temperament, aber er hasste es, dass ihn das gegenüber der Bedrohung in ihrem Leben machtlos werden ließ. Wyatt seufzte. Er musste einfach sein Bestes tun und sich damit zufriedengeben.

Nachdem er noch ein letztes Mal nach Lucy geschaut hatte und sie tief schlafend und sicher vorfand, legte Wyatt sich auf die Couch, überprüfte seine E-Mails und schrieb ein paar Memos, bis er seine Augen kaum noch offen halten konnte.

Als er sich endlich auf der Couch ausstreckte, bis in alle Maßen erschöpft, plagten ihn Zweifel. Er war nur ein Mann. Er war nicht unfehlbar. Wie zum Teufel sollte er seine nicht-so-ganz Partnerin in Sicherheit halten?

Dann übermannte ihn der Schlaf ohne eine Antwort auf die unmögliche Situation gefunden zu haben.

8

Lucy stand unter der heißen Dusche und fragte sich, wie sie in all dieses Chaos geraten war. Sie rollte ihren Nacken und versuchte, sechs Tage Belastung auszurollen, die zu angespannten Muskeln geführt hatten, als die Spannungen zwischen ihr und ihrem neuen Hausgast anstiegen. Sie biss die Zähne zusammen, wissend, dass Wyatt nur ein paar Meter weiter mit einem ständigen finsteren Blick auf seinem Gesicht auf der Couch lag.

Seit sechs Tagen hatte er ihr die kalte Schulter gezeigt. Sein Verhalten überraschte sie, weil sie den Hunger in seinen Augen sehen konnte, sie konnte sehen, wie angespannt er war, während er jede ihrer Bewegungen überwachte. Nicht zu vergessen die Habgier und Lust, die sie in der Nacht in der Bar in ihm gesehen hatte. Lucy hatte vielleicht lange keinen Sex mehr gehabt, aber sie hatte seine Erektion sehr wohl bemerkt, als sie miteinander getanzt hatten und ihre Körper eng aneinandergepresst waren.

Sie war am nächsten Morgen aufgewacht und hatte sich selbst nackt im Bett vorgefunden ... aber alleine. Als sie ins Wohnzimmer gegangen war, hatte sie Wyatt vorgefunden, der an seinem Laptop arbeitete und die Lippen fest zusammengepresst hatte. Er führte kein Gespräch mit ihr außer einem kurzen Ja oder Nein oder erklärte zum zehnten Mal, warum er sie nicht alleine lassen wollte.

Lucy verbrachte die nächste zwei Tage damit, sich jedes mögliche Szenario vorzustellen und versuchte herauszufinden, wie sie den Blick in seinen Augen missverstehen hatte können oder die Art, wie er sie in ihren Armen gehalten hatte oder das Gefühl seines Schwanzes an ihrem Bauch. Sie hätte schwören können, dass er sie ansah, SIE alleine mit so viel Sehnsucht.

Die Gleichung brachte ihr nichts als Frust, aber keine Lösung. Also kurz gesagt, Wyatt war vielleicht sexuell interessiert, aber emotional oder moralisch an etwas gebunden... Lucy hatte noch nicht ganz herausgefunden, was es war.

Sie seufzte und machte die Dusche aus, trat heraus und trocknete sich ab. Sie wickelte sich in ihren dicken, gemütlichen Bademantel. Als sie ins Wohnzimmer kam, fand sie Wyatt ausgestreckt auf der Couch liegend, mit einem Arm über seine Augen gelegt. Sie war ein wenig überrascht, denn das war das erste Mal in sechs Tagen, dass sie ihn tatsächlich dabei erwischte, wie er sich ausruhte. Jedes Mal, wenn sie sich bereit für die Arbeit machte oder das Krankenhaus verließ und nach Hause fuhr, egal zu welcher Tages- oder Nachtzeit, war Wyatt da, um sie nach Hause zu begleiten. Aber jetzt musste er erschöpft sein. Sie hielt am Fuß der Couch an und beobachtete, wie sich seine Brust bewegte, während er schlief. Er war wirklich ein perfektes körperliches Exemplar, mit breiten Schultern und schlanken, muskulösen Hüften. Lange Arme und Beine, leicht gebräunte Haut, mit kleinen dunklen Härchen auf seinen Unterarmen. Jetzt wo er so da lag, war sein weißes T-Shirt von seiner Hose hochgerutscht und gab eine Spur von Haaren frei, die von seinem Bauchnabel aus nach unten wanderten ...

„Brauchst du was?"

Lucy erschrak bei dem Geräusch von Wyatts Stimme. Er bewegte seinen Arm und hatte sie schnell mit seinem stechenden Blick gefangen, seine Stimme war tief und rau. Das Geräusch davon, der Blick in seinen Augen ... in Lucys Körper rührte sich Hitze und ließ sie unruhig werden. Verdammt, sie brauchte irgendeine Art Erlösung.

Aber Wyatt schlief auf der anderen Seite ihres Schlafzimmers, auf keinen Fall konnte Lucy ihren Vibrator benutzen, um ihre Lust zu lindern. Und sie konnte sich schwer vorstellen, dass Wyatt sie in eine Bar gehen ließ, jemanden abschleppen ließ und dann ... na ja, es gab kein mögliches Szenario, dass Lucy sich danach noch vorstellen konnte. Jemanden nach Hause mitnehmen? Ins Haus des anderen gehen?

Ihre Lippen zuckten bei dem reinen Gedanken.

„Es freut mich, dass du Spaß hast", murmelte Wyatt, setzte sich auf und rieb sich die Augen. Er sah wirklich fertig aus.

„Warum machst du nicht einen Schritt auf mich zu?", platzte es aus Lucy heraus und sie wurde rot.

Wyatt runzelte die Stirn.

„Ich bin nur hier –", begann er.

„Als Wachmann", schnitt Lucy ihm

das Wort ab. „Das sagtest du bereits. Aber du bist hier in meinem Haus, jede Stunde an jedem Tag. Und ich bin hier, weil du mich nirgendwo hingehen lässt, außer zur Arbeit."

„Ich habe nicht gesagt, dass du nirgendwo hingehen kannst", korrigierte er.

„Du guckst finster und stapfst herum, wenn ich nur sage, dass ich in den Laden gehe", sagte Lucy. „Darum gehts nicht, obwohl wir auch darüber reden sollten."

„Es war mir nicht bewusst, dass du tatsächlich auf etwas hinauswillst", sagte er. Lucy zappelte herum und bemerkte, dass Wyatt ihren abscheulichen Bademantel in Anschein nahm, ein Geburtstagsgeschenk von Lexie.

„Das du mich magst, aber du keinen Schritt machst. Ich will wissen, warum", sagte sie und verschränkte ihre Arme.

„Mach ich das?", knurrte er und schüttelten seinen Kopf.

„Ja."

Für eine kurze Sekunde dachte Lucy,

sie sähe einen Schimmer von Unentschlossenheit auf seinem Gesicht. Schon bald warf er ihr ein ausdrucksloses Lächeln zu und schob all ihre Sorgen beiseite.

„Das ist nichts, was passieren wird", informierte Wyatt sie.

Lucy holte tief Luft und versuchte den Stich der Ablehnung zu überspielen. Irgendwie hatte sie diese Antwort schon halb erwartet, aber sie tat trotzdem weh.

„Du könntest wenigstens nett zu mir sein. Wenn du für immer hier herumhängen willst, dann könntest du zumindest freundlich sein."

Wyatts Blick verengte sich und er wurde argwöhnisch.

„Wir gehen doch freundlich miteinander um", sagte er.

„Gut", sagte Lucy und fuhr sich mit einer Hand durch ihre nassen Locken. „Dann gehen wir heute Abend aus."

„Auf keinen Fall". Wyatt stand auf und strahlte Dominanz aus. Er verschränkte seine Arme und warf ihr einen finsteren Blick zu.

„Ja. Keine Bar oder Klub oder so. Aber Abendessen. Ich kann nicht noch mal hier bleiben und schon wieder Pizza bestellen. Mir ist so langweilig. Ich arbeite morgen in der Spätschicht, also kann ich heute Abend bis nach 9 Uhr aufbleiben."

„Lucy ...", er seufzte.

„Fang nicht an zu streiten. Wir gehen essen, also ... weißt du, zieh vielleicht ein netteres Shirt oder so an", sagte sie und warf ihm einen spitzen Blick zu.

Wyatt sagte nichts, was Lucy als eine Art Zustimmung aufnahm. Sie wirbelte herum und rannte in ihr Schlafzimmer, ehe er noch mit einer langweiligen Ausrede oder so kommen konnte, warum sie nicht ausgehen sollten.

Sie kämmte ihr Haar, aber ließ ihre Locken an der Luft trocknen und zog ein schöneres Paar Jeans und ein seidiges königsblaues Tank Top an, ihr Outfit ließ sie die richtige Kombination aus lässig, selbstbewusst und weiblich fühlen. Dann legte sie ein wenig Mascara auf und wurde rot, sie nahm an, dass Wyatt sie über den Tisch anstarren würde, also könnte sie auch gleich gut aussehen.

Nachdem sie ein paar taubengraue Ballerinas aus Leder angezogen hatte, war sie bereit zum Gehen. Als sie ins Wohnzimmer kam, zog Wyatt sich gerade ein frisches Hemd an. Das marineblaue Hemd war aufgeknöpft und zeigte seine muskulöse, gebräunte Brust. Er schaute sie an, aber wandte sich nicht ab, sein hellblauer Blick blitzte förmlich, als er sah, wie sie ihn ansah. Ein Grübchen erschien kurz auf seiner Wange, als er sein Shirt zuknöpfte und es nicht in die Hose steckte.

Gut gepflegt aber nicht zahm. Das war Wyatt, wie er leibt und lebt.

„Fertig?", fragte er.

Lucy griff nach ihrem Portemonnaie auf dem Tisch und nickte und ging hinaus. Als Wyatt ihre Schlüssel hervorzog, schüttelte sie den Kopf.

„Ich fahre", sagte sie und ignorierte seinen beleidigten Blick.

Sie stieg in ihren alten Volvo und lehnte sich herüber, um die Tür von innen aufzumachen. Wyatt in ihrem Auto zu sehen war schon fast komisch, weil er viel zu groß war, um dort richtig hineinzupassen. Er griff unter den Sitz und ließ ihn zurückgleiten, aber seine langen Beine passten nicht gut zu ihrem kompakten Auto.

Mit einem Grinsen startete Lucy den Motor und fuhr in das Restaurant, an das sie gedacht hatte. Wyatt sagte den ganzen Weg über nichts, er hielt sich ab und zu an der Ablage fest, und blickte die ganze Zeit finster. Lucy bemerkte, dass es ihm nicht gefiel, die Kontrolle abzugeben. Dass sie heute Abend die Regeln festlegte, würde nicht regelmäßig passieren, aber es war nett von ihm zu grinsen und es für den Abend auszuhalten.

Gerade als ihre schmutzigen Gedanken sich fragten, was er noch so aufgeben würde, dass er so unter Kontrolle hielt, fuhren sie vor dem Restaurant vor. Draußen konnte man nicht parken, denn es war ein hektischer Donnerstagabend in der Innenstadt von Seattle. Lucy parkte fünf Blöcke weiter am Ende einer schwach beleuchteten Straße. Sie hatte ein wenig Angst, aber sie nahm an, sie würde ihren griesgrämigen, persönlichen Bodyguard nutzen, anstatt noch zwei Blöcke weiter zu parken, wo es mehr Licht gab.

Wyatts Ausdruck war zehn Mal so verurteilend, als sie parkte, aber er sagte den ganzen Weg zum Restaurant nichts.

„Ich hoffe, du magst Vietnamesisch", sagte sie, als sie ihr Ziel erreicht hatten und versuchte, lässig zu klingen.

Wyatt nickte vage, während er sie ins Restaurant drängte, wobei er sich die ganze Zeit umsah. Verdammt, der Mann war paranoid. Es musste schwer sein, so zu leben, und immer über die Schulter zu schauen. Oder übers Lucy Schulter, so wie die Dinge standen.

Die Kellnerin brachte sie beide in eine Nische im hinteren Bereich des schlicht gehaltenen asiatischen Bistros.

„Warte", sagte Wyatt und berührte sie an der Taille, ehe sie in die Nische gleiten konnte. „Lass mich an der Seite sitzen. Ich schaue gerne zur Tür."

„Okay", erwiderte Lucy achselzuckend.

Sie setzten sich und öffneten ihre Menüs. Als der Kellner kam, war Wyatt überrascht, weil sie eine salzige Limonade und einen Eiskaffee mit kondensierter Milch bestellte, beides traditionelle vietnamiesische Dinge von der Karte

„Du hast das noch nie gemacht, oder?", kommentierte Lucy und starrte ihn über die Karte hinweg an.

„Ich esse viel Pho zu Hause. Es gibt einen tollen vietnamesischen Laden um die Ecke von meiner Wohnung", erzählte Wyatt und studierte die Karte. Er kräuselte seine Lippen, dann legte er die Karte hin.

„Und wo genau ist dein Zuhause?", wollte Lucy wissen.

„Chicago", sagte Wyatt und trommelte mit seinen Fingerspitzen auf dem Tisch, sein Blick wanderte, während er die Menschen beobachtete, die durch das Restaurant liefen.

Lucys Magen machte einen Satz. Sie hatte angenommen, dass Wyatt nicht aus Seattle war, aber sie hatte keine Ahnung gehabt, dass er so weit weg lebte.

Der Kellner kam, um ihre Bestellungen aufzunehmen, und unterbrach Lucys unglückliche Gedankenkette.

„Hast du was gegen Chicago?", fragte Wyatt und lehnte sich in der Nische zurück und streckte einen Arm aus.

„Nichts Besonderes", sagte Lucy. „Ich frage mich einfach nur, was du dann in Seattle machst, und wieso du auf mich aufpasst. Das ist ja nicht gerade eine Tagesreise."

„Nein", seufzte Wyatt.

„Wo wohnst du?", fragt sie. „Ich meine, in den letzten Tagen."

Wyatt zog eine Augenbraue hoch bei ihrer Schlussforderung, dass er bei ihr wohnte, aber er beantworte ihre Frage.

„Hotel Andra."

Lucy pfiff leise.

„Nette Unterkunft. Das ist ziemlich teuer."

„Es ist das einzige Hotel, was ich hier gefunden habe, das California King Sized Betten hat. Ich bin oft hier und ich kann nicht schlafen, wenn meine Füße aus dem Bett hängen."

„Ich denke, meine Couch ist dann nicht unbedingt gut für dich?", sagte Lucy.

Wyatt grinste.

„Nicht so sehr", gab er zu.

„Bist du viel wegen deiner Geschäfte hier?", fragte sie und versuchte, mehr über seinen Job herauszufinden.

„Manchmal", sagte er. „Ich habe hier auch Familie. Mein Bruder Luke und seine Partnerin Aubrey haben hier ein Haus gemietet, dreißig Meilen von hier.

Sie versuchen, den richtigen Ort zum Niederlassen zu finden."

„Ich habe gerade bemerkt, dass ich nicht weiß, aus welchem Clan du kommst", sagte Lucy und kaute an ihrer Lippe. Sie hielt inne und schien nicht zu wissen, wie sie anfangen sollte. „Ich kenne nicht einmal deinen Nachnamen, Wyatt."

„Beran", sagte er und räusperte sich. „Ich denke, das hätte ich dir sagen sollen."

„Warte, wie ... die Montana Berans?", fragte sie überrascht.

„Ja." Wyatt schaute irgendwie unangenehm berührt nach unten, als ob sie ein schmutziges Geheimnis entdeckt hätte.

„Warum habe ich dich dann nicht auf der großen Party in der Red Lodge getroffen?", fragte Lucy und zog ihre Nase kraus.

„Ahhh ... ich bin nur bei wenigen gewesen. Ich war ... anderweitig beschäftigt", sagte er und sein Blick wanderte.

„Du hast Mädchen abgeschleppt", vermutete Lucy. Sie war innerlich ein wenig ernüchtert, aber sie versuchte, es nicht zu zeigen.

Wyatt zuckte mit den Schultern. „Es ist lange her."

„Okay. Ich verstehe. Das geht mich nichts an", sagte Lucy und ihr Mund verzog sich zu einem sauren Ausdruck. Sie musste das Thema wechseln, ehe sie ihre Mission zum Fakten sammeln noch einmal überdachte. „Hast du nicht eine ganze Horde Brüder?"

„Sechs", sagte Wyatt und sein Blick verengte sich. „Aber sie haben jetzt alle Partnerinnen."

„Ich wollte kein Date", spottete Lucy. „Ich wollte nur ein Gespräch führen."

„Ich verstehe. Was willst du denn wirklich wissen, Lucy? Meinen Beruf? Ob ich eine Freundin in Chicago habe?"

Wyatts Blick war genauso geschickt und schneidend wie seine Wörter und Lucys Kinn hob sich in Abwehr.

„Ist es verkehrt, zu fragen?", sagte sie und legte ihre Hände auf den Tisch.

„Nein", sagte Wyatt und atmete lange aus. „Ich arbeite im Finanzbereich. Risikokapital, Handel, ein paar verschiedene Bereiche. Ich habe meine eigene Firma."

Lucy machte mit ihren Fingerspitzen eine Acht auf den Tisch und beruhigte sich selbst.

„Und der andere Teil ... was ist mit deinem Beziehungsstatus?"

Wyatt nahm ihre Finger und wartete, bis Lucy ihren Blick hob, um seinen zu treffen.

„Es gibt niemanden", sagte er. Sein Ton war lässig, aber sein Blick bohrte sich in ihren, einige tiefere Gefühle glitten über sein schönes Gesicht. Es war schon fast, als wenn Lucy sich vorstellte, als wenn er sagte, *es wird niemals jemand anderen geben.*

Der Kellner kam mit ihrem Essen, zwei riesige Schüsseln mit dampfender Nudelsuppe plus zwei Körbe Bohnensprossen, Zwiebeln, Basilikumblätter und Koriander. Das Essen lenkte sie ab und Lucy war froh darüber. Wyatt konnte manchmal anstrengend sein, schon fast nervig. Dennoch gab es irgendwie Magie zwischen ihnen. Wenn Lucy zu lange in diese hellblauen Augen sah, dann könnte sie hineinfallen und sich selbst darin verlieren und nie wieder auftauchen.

Sie aßen ein paar Minuten in Ruhe, dann ging das Gespräch zu leichteren Themen über. Lieblingsessen und Farben, Kindergeschichte, ob sie lieber Romane oder Sachbücher lasen. Wyatt kannte sich bei fast jedem Thema aus, an diesem Punkt war Lucy nicht länger überrascht. Er war intelligent, kultiviert und klug.

Gepaart mit seinem guten Aussehen war er ein fremdes, mythisches Wesen. Lucy konnte nicht anders, als sich zu fragen, was seine Schwachstellen waren, abgesehen davon, dass er besitzergreifend und dominant war. In Wahrheit fand Lucy diese Qualitäten ziemlich heiß, also ... da musste es noch was anderes geben. Ein tiefes, dunkles Geheimnis."

„Warum hast du keine Partnerin?", fragte sie ihn, während sie ihre Schüssel wegschob, zu voll, um noch mehr zu essen.

Wyatt erstarrte, Nudeln hingen aus seinem Mund, die Stäbchen verharrten in der Luft. Er runzelte die Stirn, kaute und schluckte.

„Entschuldigung", fragte er schließlich.

„Du scheinst ... na ja ...", Lucy wedelte mit ihrer Hand herum. „Du bist reich, attraktiv und aus einer guten Familie. Warum hast du noch keine Partnerin? Besonders weil die Alpha Familien sich recht schnell verpartnern sollten, so wie ich mich erinnere."

Wyatt warf ihr einen finsteren Blick zu.

„Das geht dich nichts an oder?", fragte er.

„Ich denke vielleicht schon", erwiderte Lucy und verschränkte ihre Arme. „Du hast offensichtlich irgendeinen Mangel. Ich sollte schon wissen mit wem ich ... abhänge."

Wyatts Blick entglitt ihr.

„Ich habe das Mädchen, von dem ich dachte, dass es meine zugedachte Partnerin ist schon getroffen. Direkt nach der Highschool."

„Wirklich? Warum seid ihr nicht zusammen?"

„Sie ist gestorben." Wyatts Blick war ausdruckslos, seine Stimme ruhig, schon fast gelangweilt.

„Ich – es tut mir leid", sagte Lucy und legte ihre Hand auf seine, genauso wie er es zuvor getan hatte.

Er spannte sich an und zog seine Hand weg, nahm seine Stäbchen und spielte mit ihnen.

„Das muss dir nicht leidtun", murmelte er und schaute sich nach dem Kellner um. Plötzlich schien Wyatt ganz erpicht darauf, ihr nicht ganz richtiges Date zu beenden.

„Wyatt", sagte Lucy und tippte auf den Tisch, um seine Aufmerksamkeit zu bekommen. Sie hatte bereits einmal die Linie überschritten, aber sie brauchte eine endgültige Antwort von ihm, brauchte mehr Wahrheiten, wenn dieser merkwürdige Schutz weitergehen sollte.

Wyatt schaute sie an und in seinen Augen lag Schmerz. Lucy musste ihren ganzen Mut zusammennehmen, um die Frage erneut zu stellen.

„Warum bist du hier und beschützt mich? Du hast Informationen über meine Sicherheit, aber du willst mir nichts sagen. Woher weißt du, dass ich in Gefahr bin?"

Wyatts Hände bewegten sich verschwommen und seine Handfläche schlug auf den Tisch und erschreckten Lucy.

„Verdammt Lucy, ich kann dir das nicht sagen. Hör auf zu fragen!", knurrte Wyatt. „Ich versuche, dich vor einem grausamen Tod zu bewahren, auf hohe persönliche Kosten und du bist nicht mal dankbar!"

Lucy versteifte sich. Das war es also, Wyatts Schwäche. Er hatte Temperament, zumindest wenn es um seine Privatsphäre ging.

„Weißt du was? Ich habe nicht darum gebeten. Also, ich lass dich das noch ein paar Tage weiter spielen, wenn es das ist, was du brauchst", sagte sie, nahm ihr Portemonnaie und zog ein paar Zwanziger heraus. „Aber erwarte nicht, dass ich dankbar bin. Soweit ich weiß, hast du all das erfunden, um mir Angst zu machen."

„Okay. Warum würde ich das tun?", fragte Wyatt herausfordernd.

„Ich weiß nicht. Du schläfst nicht mit mir, auch wenn ich das will. Also … ich habe keine Ahnung. Aber wenn ich auch nur den Hauch eines Motivs erfahre, sind Sie am Arsch, Mister".

„Das würde ich gerne sehen", knurrte Wyatt.

Lucy stand auf und warf ihr Geld auf den Tisch.

„Ich glaube, wir sind hier durch. Fahr selbst nach Hause."

Sie ging aus dem Restaurant und schaute nicht einmal zurück.

9

Wyatt sackte auf seinen Autositz und fühlte sich wie ausgehöhlt. Nach ihrem schrecklichen Abendessen vor ein paar Abenden hatte Lucy ihm die kalte Schulter gezeigt. Obwohl Wyatt einen Schlüssel zu ihrem Haus hatte, eine Aufmerksamkeit des schüchternen Schlossers, hatte Lucy klar gemacht, dass sie wollte, dass er sich fernhielt. Er war ins Haus gegangen, als sie eingeschlafen war, und hatte seinen Laptop und andere persönliche Gegenstände geholt und war dann wieder zu seinem Leben im Auto zurückgekehrt.

Er fuhr zurück in sein Hotel, duschte und schlief ein wenig während ihrer Schichten im Krankenhaus, er nahm an, dass er sie nicht jede Stunde am Tag beobachten konnte. Wenn er Pausen machen und Lucy unbeaufsichtigt lassen musste, nahm er an, dass das Krankenhaus der sicherste Ort für sie war.

Außerdem hatte Wyatt eine Art Vereinbarung mit Paul Roberts getroffen, dem Chef der Security im Mount Mercy. Wyatt hatte einen überaus großen Scheck für Mount Mercy ausgestellt, für eine Anzahl von dringend benötigten Sicherheitsvorkehrungen. Im Austausch stellte Roberts einen Extrawachmann bei jeder Schicht bereit, in der Lucy arbeitete, und ging damit sicher, dass ein Wachmann ihr diskret durch das Krankenhaus folgte und an jeder Ecke wartete, in welchem Raum auch immer sie sich befand.

Obwohl er jegliche Vorkehrung getroffen hatte, konnte Wyatt sich nicht entspannen. Jedes Mal, wenn er in seinem Escalade eindöste, wachte er ein paar Minuten später ruckartig auf. Er konnte die Welle seiner Visionen jetzt nicht aushalten, wenn er von Lucy träumte. Er träumte davon sie zu ficken, sie nahe bei sich zu halten, ihrem Atem zu lauschen, während sie schlief. Er träumte von ihrem Tod, träumte von seinem eigenen Tod.

Und diese schreckliche Vision, deren Ergebnis er am meisten fürchtete. Lucy, die einen Schwangerschaftstest machte und bei dem Ergebnis schluchzte, während sie sich für seine Beerdigung fertigmachte. Dieser Traum drehte ihm den Magen um, ließ ihn mit zittrigen Händen und mit einer Enge in seiner Brust aufwachen.

Das Gefühl des drohenden Untergangs überkam ihm zwei Tage nach dem Dinner Date und jetzt konnte er sich nicht einmal dazu bringen, zurück ins Hotel zu gehen, während sie arbeitete.

Sein Instinkt und die Angst trieben ihn an, er hatte jeglichen Respekt von Lucys Privatsphäre aufgegeben und hatte einen GPS-Sender unter ihrem Auto angebracht, unter dem Vorderrad. Nachdem er vor dem Krankenhaus geparkt hatte, lehnte er sich in den Sitz und erlaubte sich, ein paar Minuten zu dösen.

Er wachte beim Klang seines Handyweckers auf, setzte sich auf und rieb sich über das Gesicht. Als er sein Handy nahm, um den Wecker auszustellen, sah er, dass er seit mehr als zwanzig Minuten schlief.

„Verdammt", murmelte er.

Er hatte extra auf der Rückseite des Krankenhauses geparkt, das gab ihm eine gute Sicht auf den ganzen Platz, während er sich unter die anderen Autos mischte. So konnte er sich verstecken, sodass Lucy nicht wusste, wie nah er jede ihrer Bewegungen beobachtete. Er wendete und fuhr aus seiner Parklücke, umkreiste den Parkplatz, bis er die Stelle gefunden hatte, wo Lucys kleiner Volvo geparkt hatte.

Der Platz war leer. Sie war vermutlich ein paar Minuten früher gegangen, war direkt an ihm vorbeigefahren, ohne eine Ahnung zu haben, dass sie seinem sorgfältig aufgebautem Sicherheitsnetz entwich. Mit zusammengebissenen Zähnen zog Wyatt seinen Laptop hervor und öffnete ihn auf dem Beifahrersitz und verband sich mit dem Internet. Er öffnete die Trackingsoftware, die er nur ein paar Stunden zuvor installiert hatte und seine Brust schnürte sich zusammen, bis ein heller roter Punkt auf dem Bildschirm zu blitzen begann.

Lucy befand sich am Rand der Innenstadt von Seattle vielleicht zehn Minuten entfernt oder weniger. Er fuhr vom Parkplatz und raste in ihre Richtung und bemerkte dabei, dass der rote Punkt sich nicht mehr bewegte. Das waren vermutlich gute Nachrichten. Wenn Lucy parkte und ein paar Minuten an einer Stelle blieb, konnte Wyatt sie einholen. Andererseits, wenn sie ihr Auto verließ und mit jemand anderem mitfuhr, würde sie ihm einfach entkommen.

Wyatt schaffte es in der Hälfte der Zeit zu ihrem Standort, weil er die ganze Zeit raste. Er umkreiste den Block ein paar Mal, ehe er ihr Auto entdeckte. Leer.

„Scheeeeeiße", knurrte er.

Er parkte am Ende des Blocks und sprang aus seinem SUV, rannte zu ihrem Auto. Er schaute sich um, sah sich die Gegend an und überlegte, wo sie hingegangen sein könnte. Er sah eine Pizzeria, einen Steuerberater, einen Plattenladen ...

Und eine Kunstgalerie. Einem Impuls folgend ging er in Richtung Galerie, dankbar für das Glasfenster von der Decke bis zum Boden, das ihm eine gute Sicht ins Innere gab. Der zweite Blick landete auf Lucy, die ihrer Freundin

Lexie eine Umarmung zur Begrüßung gab. Wyatt sackte vor Erleichterung fast zusammen.

Er hätte sie fast verloren. Wyatt hätte sich selbst zerfleischt, nachdem er sie jede Minute des Tages beobachtet hatte. Die Dinge liefen gut, wenn der Preis nur sein persönliches Unbehagen war, aber wenn er die Fähigkeit verlor, Lucy in Sicherheit zu halten, dann war es Zeit für weitere Vorkehrungen.

Er schaute Lucy durch das Fenster noch mehrere Minuten an und bewunderte sie. Sie hatte sich umgezogen und trug jetzt ein olivgrünes Kleid und hatte ihre Locken in einen modischen Dutt gebunden. Sie durchstreifte die Galerie mit Lexie an ihrer Seite. Sie war sicher und gesund und Wyatt musste sich ein wenig entspannen.

Er zog sein Handy heraus und ging ein paar Türen weiter, wissend, dass sein nächster Schritt Lucy wirklich wütend machen würde. Er wollte nichts weniger, als sie noch weiter von ihm zu entfremden, aber er konnte sie nicht die ganze Zeit beobachten. Er brauchte Unterstützung.

Er wählte.

„Jake?", fragte er, als sein Freund antwortete.

„Ich nehme an, du willst deinen Gefallen einlösen", kam Jakes grummelige Stimme.

„Ja. Ich habe eine Freundin, die ein wenig privaten Schutz braucht", informierte Wyatt Jake. Der Mann war Privatdetektiv, der seine Nase überall hineinsteckte, wo sie nicht hingehörte. Er hatte an einem Fall gearbeitet und war am Ende auf der falschen Seite der japanischen Mafia in Portland gelandet. Wyatt hatte seinen Hintern gerettet und Jake hatte ihm dafür einen Gefallen versprochen.

„Na ja, das ist mein Beruf und kein Gefallen."

„Das Problem ... sie ist nicht gewillt.

Sie wird es hassen, einen Bodyguard zu haben", seufzte Wyatt.

„Eine Lady? Oh, das Gefühl kenne ich", kicherte Jake.

„Ich brauch den Kommentar nicht. Wie schnell kannst du ein paar Männer nach Seattle schicken?", fragte Wyatt.

„Morgen früh bald genug?"

Wyatt dachte eine Sekunde nach.

„Ja. Ich muss für die nächsten Wochen mindestens zwölf Stunden am Tag abdecken. Ich zahle, was immer du brauchst, aber die Männer müssen unnachgiebig sein, wenn die Zielperson sich gegen ihre Anwesenheit wehrt und das wird passieren, sobald sie sie bemerkt."

„Okay. Kein Problem. Ich schicke dir dann in der nächsten Stunde die Details", erwiderte Jake.

„Danke. Ich denke, damit sind wir quitt", sagte Wyatt und legte auf.

Das hatte er zumindest schon mal erledigt. Wyatt steckte sein Handy wieder in die Tasche, dann ging er zurück zur Galerie. Er hielt sofort an, als er sich suchend umblickte und Lucy nirgendwo fand. Lexie stand in einer Ecke, am Arm eines attraktiven Mannes. Wyatt wartete ein paar Sekunden, dann ging er zum Eingang der Galerie und dachte, dass Lucy vielleicht nur auf die Toilette gegangen war. Nach einer ganzen Minute konnte er nicht mehr länger warten.

Er rannte hinein, stürmte an einem Angestellten vorbei und rannte direkt zu Lexie. Lexie warf ihm einen überraschten Blick zu, als er ihr auf die Schulter tippte.

„Äh, hi?", sagte sie und sah verwirrt aus.

„Wo ist sie?", fragte Wyatt und versuchte leise zu sprechen.

„Lucy? Sie ist die Straße runtergegangen um etwas zu essen zu holen. Wir gehen später noch aus", sagte Lexie und schaute ihn unsicher an.

„Wohin?", fragte Wyatt und wusste, dass er sich ein wenig verrückt anhörte.

Lexie starrte ihn einen weiteren langen Moment an und deutete dann in die Richtung.

„Dort ist ein indisches Restaurant, das sie mag. Geh rechts raus und dann wieder rechts. Ungefähr fünf Straßen weiter, denk ich", sagte sie.

„Danke Lexie", keuchte Wyatt, drehte sich um und eilte aus der Galerie.

Er rannte los und als er um die Ecke bog, sah er gerade noch Lucy, die in eine schmale Nebengasse trat. Furcht überkam ihn plötzlich, eine kalte Sicherheit, dass etwas Schlimmes passieren würde.

Er wurde langsamer, als eine dunkel gekleidete Person aus einem Türrahmen trat und Lucy leise folgte. Der Fremde schien so darauf fixiert, Lucy zu folgen, dass er Wyatt nicht einmal bemerkte, wie er schnell aufholte.

Ein Windzug fuhr durch die Gasse und Wyatts Nackenhaare stellten sich auf, als er den Duft eines weiteren Berserkers aufnahm, einem Mann. Die geheimnisvolle Person war einer von ihnen und er schien fest entschlossen zu sein, Lucy unbemerkt zu erwischen.

Wyatts Blick ging nach vorne und Puzzlestücke begannen, sich zusammenzufügen. Er kannte die nächste Straßenecke sehr gut; er hatte Lucy dort hundert Mal sterben sehen. Jetzt lagen die Dinge ein wenig anders; normalerweise war Wyatt von der hintersten Ecke von der anderen Seite gekommen. Und der unbekannte Angreifer befand sich gegenüber ... Irgendwie hatte Wyatts Einmischung die Dinge ein wenig verändert und das gab ihm eine kranke Art Hoffnung.

Der Mann vor ihm nahm an Tempo auf und Wyatt tat dasselbe. Lucy wurde langsamer, vielleicht spürte sie ihren Verfolger, aber sie drehte ihren Kopf ein paar Sekunden zu spät. Wyatt knurrte tief in seiner Brust, als der andere Mann sie erreicht hatte, sie am Nacken packte und sie in einen dunklen Türeingang zog.

Ihr Schrei hallte in der leeren Straße, dann wurde er plötzlich abgeschnitten. Wyatts Blick wurde rot, aber in der nächsten Sekunde hörte er ein dumpfes Grunzen und Lucy sprang aus dem Türeingang und lief vor ihrem Angreifer davon. Sie entdeckte Wyatt und zögerte verwirrt. Gerade als sie in Richtung Wyatt lief und in Sicherheit, schoss ihr Angreifer mit einem Messer in der Hand aus dem Türeingang.

Wyatt warf sich dazwischen und schaffte es, vor Lucy zu kommen, ehe der Angreifer zuschlug, das Messer ging sich hoch in die Luft und kam mit einem tiefen Schnitt in Wyatts Schulter herunter. Wyatt knurrte warnend und griff mit seinem unverletzten Arm nach dem Mann, aber der Mann wich zurück und schaffte es, zu entkommen.

Er drehte sich um und lief die Straße herunter. Wyatt schaute zu Lucy herüber und wollte sie warnen, hierzubleiben und das er zurückkommen würde, nachdem er den Angreifer erwischt hatte, aber er bemerkte die Angst und Sorge auf ihrem Gesicht und die Tatsache, dass sie auf ihr Schlüsselbein drückte, wo eine kleine Blutspur aus einer Wunde zu sickern begann.

„Scheiße", sagte Wyatt und ließ sein Vorhaben fallen.

Er ging stattdessen zu Lucy, seine langen Beine verkürzten die Entfernung zwischen ihnen.

„Lucy bist du verletzt?", fragte er.

Sie schaute zu ihm hoch, ihre Haut war blass und ihre Lippen zitterten. Ihre Augen waren stürmisch grau und weit. Dann rollten ihren Augen nach oben und sie kippte um wie eine Marionette, dessen Schnüre zerschnitten wurden. Wyatt erwischte sie an der Taille und zog sie in seine Arme und wiegte ihren Kopf.

Er schaute auf die Wunde an ihrem Schlüsselbein, die stark blutete. Er glaubte nicht, dass es eine tiefe Wunde war, aber sie war vielleicht wo anders ernsthafter verletzt.

Wyatt drehte sich um und rannte zu

seinem Auto, sein Herz klopfte ihm bis zum Hals. Er musste sie schnell zum Mount Mercy bringen. Er legte sie ins Auto und in Rekordzeit fuhr er los und raste in Richtung Krankenhaus. Er hoffte inständig, dass die erste seiner Visionen nicht in Erfüllung ging.

10

Lucy öffnete ihre Augen und starrte auf eine bekannt aussehende weiße Wand. Sie runzelte ihre Augenbrauen, während sie versuchte zu verstehen, warum sie auf die weißen Schaumstoff-Deckenplatten im Mount Mercy schaute, aber ihr Gehirn kämpfte noch. Sie hatte doch nicht auf der Arbeit übernacht oder? Sie trug einen Krankenhauskittel, was normal war, aber der war hellgrün anstand ihr gewöhnliches hellblau. Er war auch ein wenig größer als normal und sie war sich ziemlich sicher, dass das nicht ihrer war.

Sie spürte wie ihr Gehirn sich in Zeitlupe bewegte. Nach einem Moment der Überlegung erkannte sie, dass sie unter einer leichten Betäubung stand. Der Gedanke ließ sie sich auf ihre Ellenbogen stützen und sich umsehen. Als sie bemerkte, dass sie in einem Krankenhausbett lag, war sie erstaunt.

„Was zur Hölle?", sagte sie.

Sie drehte sich vom Fenster in Richtung Schiebetür, die in den Flur führte und schrie beinahe auf. Ein riesiger, dunkelhaariger Fremder saß in dem Stuhl neben ihrem Bett, sein vage bekannter eisblauer Blick lag auf ihrem Gesicht.

„Wer bist du?", fragte Lucy und wich zurück.

Der Mann hob seine Hände und zeigte ihr, dass er ihr nichts tun würde.

„Ich bin Luke. Wyatts Bruder", sagte der Mann mit ruhiger und neutraler Stimme.

Lucy schaute an ihm hoch und runter. Jetzt wo er die Verbindung hergestellt hatte, konnte sie die Ähnlichkeit zwischen ihnen sehen. Luke hatte noch ein paar mehr Muskeln als Wyatt, ein dicker Baumstamm von Mann, aber es war leicht sie als Brüder zu erkennen.

„Warum bin ich hier? Wo ist Wyatt?", fragte sie und runzelte die Stirn, als sie die Injektionsnadel in ihrer linken Hand spürte. Als sie sich bewegte, spürte sie Verbände auf ihrer Brust und berührte mit ihrer freien Hand den Verband. Sie zuckte zusammen, als sie wahrscheinlich zu fest angefasst hatte, aber sie nahm an, dass die Wunde nur klein und oberflächlich war.

„Ah, ich glaube, du wurdest angegriffen", sagte Luke.

Lucy biss sich auf die Lippen und blinzelte, als sie an die Ereignisse von gestern dachte. Die kamen sofort zurück, besonders der Teil, wo sie Kurt Hughes ins Gesicht gesehen und geschrien hatte, als er sie mit dem Messer angriff. Sie erinnerte sich an Wyatt, der plötzlich da gewesen war und Kurt hatte versucht, sie erneut anzugreifen ... aber Wyatt hatte den Schlag abbekommen, und da endete ihre Erinnerung.

„Oh Gott. Ist Wyatt okay?", rief sie und klammerte sich an das Bettgestell.

„Es geht ihm gut", sagte Luke und lehnte sich in seinem Sitz zurück. „Er hat den Krankenschwestern und Ärzten einen gehörigen Schrecken eingejagt, so wie ich gehört habe. Er hat überall geblutet, aber er hat sich von niemandem anschauen lassen, bis ich hier war. Er wollte dich nicht alleine lassen, habe ich gehört."

Lucy wurde rot, so wie Luke sie ansah, mit einer Mischung aus Neugier und Ahnung.

„Wir sind Freunde", platzte sie heraus und wurde dann noch röter, als Lukes Lippen sich nach oben zogen.

„Okay", meinte er. „Das geht mich ja auch nichts an. Ich bin nur hier, weil dein Angreifer noch irgendwo draußen rumläuft. Wyatt konnte dich nicht unbeaufsichtigt lassen, während sie ihn betäuben und nähen, also ..."

Luke hörte auf zu reden, als Lucy an dem Pflaster der Injektionsnadel zog, bereit aufzustehen.

„Es tut mir leid, dich zu unterbrechen. Ich muss Wyatt sehen. Es ist meine Schuld, dass er angegriffen wurde", sagte Lucy und biss sich auf die Lippe, als ihr plötzlich schwindelig wurde. Sie entfernte die Injektionsnadel mit Leichtigkeit, da sie das tausend Mal bei Patienten gemacht hatte, aber als sie versuchte aufzustehen, wurden die Dinge schon beschwerlicher.

„Hey", sagte Luke und griff nach ihr, um sie zu festzuhalten, während er sie sanft wieder aufs Bett schob. „Das kann ich jetzt nicht zulassen. Wyatt hat mir mit schrecklichen Dingen gedroht, wenn ich zulasse, dass dir irgendwas passiert."

Lucy setzte sich verwirrt zurück. Warum zum Teufel sorgte Wyatt sich so? Er war nach ihrem schicksalhaftem Date verschwunden und obwohl ihr Herz litt, hatte Lucy es akzeptiert. Dann tauchte er aus dem Nichts auf und *ließ sich für sie fast erstechen* und hatte sich furchtbar aufgeregt, als die Krankenschwester und die Ärzte versucht hatten, sie zu trennen.

„Ich verstehe nicht, warum er sich so da reinhängt", gab Lucy zu und schaute zu Luke. „Bei mir meine ich. Meine Sicherheit."

„Ich dachte, ihr seid Freunde", sagte Luke und zuckte mit den Schultern.

„Na ja … ich meine … ich wollte irgendwie … mehr", sagte Lucy und wurde rot bei dem was sie gesagt hatte, die Medikamente wirkten immer noch in ihren Venen.

„Ich wünschte, ich könnte dir mehr erzählen", sagte Luke und sah ein wenig reumütig aus. „Du scheinst ein nettes Mädel zu sein."

„Ich nehme an, ich sollte Wyatt fragen oder? Er ist ein ziemlich verschlossener Mistkerl, tut mir leid, wenn ich das so sage", sagte Lucy mit einem Seufzen.

Luke streckte seine Hand aus und tätschelte sie ungeschickt.

„Es ist nichts Persönliches. Er kommt aus einer großen Familie voller Wichtigtuer und er war schon immer sehr verschlossen. Und es gibt noch andere Dinge ... Ich weiß nicht, wie viel ich erzählen kann", sagte Luke und schüttelte seinen Kopf.

„Er hat einmal eine Partnerin verloren oder jemand der eine Partnerin hätte sein können und jetzt nähert er sich nicht so gerne Frauen. Oder jemand anderem, nehm ich an. Vielleicht ... gibst du ihm ein wenig Zeit."

Lucy nickte langsam.

„Das hat er erwähnt. Die Fast-Partnerin", sagte sie.

Lukes Augenbrauen schossen hoch.

„Hat er das? Interessant."

„Ja. Ich glaube, jeder trägt so sein Päckchen oder?", sagte sie und dachte laut nach.

„Einige mehr als andere", bekräftigte Luke.

„Ich werde zu ihm gehen. Wo ist sein Zimmer?", fragte Lucy und drückte sich vom Bett hoch.

„Ich helf dir", sagte Luke und reichte ihr seinen Arm. Lucy stand auf und nahm seinen Arm und lehnte sich an ihn, während sie auf den Flur gingen. Obwohl jemand mit Lucys Verletzungen normalerweise nach Hause geschickt wurde, da sie nicht einmal genäht worden war, erkannte sie dennoch, dass sie im dritten Stock war, anstatt in einem der privaten Notfallzimmer.

Wyatt befand sich nur ein paar Türen weiter von Lucys Zimmer und Luke brachte sie hinein. Wyatt war ruhig und still, seine Brust hob und senkte sich, während er schlief.

„Nur bis zum Bett glaube ich", sagte Lucy und Luke half ihr.

„Ich gebe dir eine Minute, aber ich bin gleich draußen. Ruf mich, wenn du etwas brauchst", sagte Luke und ging hinaus und machte die Tür soweit zu, dass nur noch ein Spalt offenblieb. Genug, um ihnen ein wenig Privatsphäre zu geben, aber dennoch genug, damit er Lucy hörte, wenn sie nach ihm rief.

Wyatt lag auf der Seite mit dem Gesicht zu ihr gewandt. Seine Augenbrauen waren weich und sorglos, sein ganzer Körper war entspannter, als sie ihn je gesehen hatte. Er hatte einen Kittel an wie sie und eine leichte Decke war um seine Hüfte geschlungen. Er schaute so friedlich aus, aber auch verletzlich. Etwas an dieser Offenheit störte Lucy; Wyatt war immer so stark und erbittert und leistungsfähig. Ihn so zu sehen, verbunden und unter Medikamenteneinfluss stehend, war einfach nicht richtig.

Lucy strich mit ihrer Hand über Wyatts Arm, vorsichtig, um die Verbände an seinem Bizeps nicht zu berühren. Seine Haut war weich und warm und für einen Moment wollte Lucy nichts weiter als ihn überall anzufassen, sein Shirt hochzuziehen und mit ihren Fingerspitzen über seine Brust fahren.

Die Betäubungsmittel wirkten

immer noch, aber sie wollte Wyatt noch nicht verlassen. Sie wollte ihn nicht alleine und ungeschützt lassen, genauso wie er sie vorher nicht verlassen wollte. Sie stand auf und zog die Decke zurück, dann kletterte sie schwerfällig zu ihm ins Bett und zog die Decke über sie beide.

Der Schlaf übermannte sie sofort, aber die warme, ruhige Anwesenheit von Wyatt neben ihr, das Gefühl der Sicherheit, blieb bei ihr bis in ihre Träume.

11

„Ich nehme keine weiteren Tabletten mehr", sagte Wyatt und starrte Lucy an.

Er saß in ihrem Bett, im Schlafanzug wie ein Kranker und er hatte es satt, dass sie ihn bemutterte. Lucy stellte das Glas Wasser und die Flasche mit seinen Schmerzmitteln ab und legte ihre Hand an ihre Hüfte.

„Du bist ein schrecklicher Patient", schimpfte sie.

Wyatt gab sich Mühe, nicht durch ihr dünnes weißes Tank Top und die engen blauen Leggins ihren Körper zu begaffen, aber sein Gehirn verlangte verzweifelt nach Stimulation nach den drei Tagen von Lucys aggressiv langweiligem Plan für seine Genesung.

„Hey", sagte sie und schnippte mit ihren Fingern und zeigte auf ihr Gesicht. „Hier. Hier spielt die Musik."

Wyatt verdrehte seine Augen und versuchte, ein zerknirschtes Gesicht zu machen.

„Nicht meine Schuld, dass du mich eine halbe Woche ohne Beschäftigung einsperrst", grummelte er.

„Ich habe dir Bücher mitgebracht", sagte Lucy.

„Du hast mir ein Haufen romantischer Bücher über sexy schottische Typen mitgebracht", beschwerte sich Wyatt. „Diese Bücher sind übrigens versaut."

Lucys Wangen wurden rot, aber sie griff nach dem Pillenfläschchen und warf es nach ihm.

„Nein", sagte er und verschränkte seine Arme. „Keine mehr. Mir gehts gut.

Mir ging es schon gut, als ich aus dem Krankenhaus gekommen bin. Du bist einfach nur übervorsichtig."

„Entschuldigung, dass ich mich um dich kümmer, nachdem du dich für mich niederstechen lassen hast, um mich zu schützen", sagte Lucy ein wenig außer Atem.

Wyatt wurde weich.

„Okay. Ich werde keine Pillen mehr nehmen, aber ich will den Rest des Tages im Bett bleiben. Stellt Sie das zufrieden Frau Ärztin?"

Lucys Lippen zuckten und Wyatt konnte sehen, dass sie ein Lächeln zurückhielt. Die Dinge hatten sich zwischen ihnen seit dem Krankenhaus gebessert. Es war einfacher, angenehmer.

„Okay", stimmte sie zu. Als sie sich umdrehte, um zu gehen, hielt Wyatt sie auf.

„Warte! Lass mich hier nicht alleine mit deinen blöden Kitschromanen!", sagte er und griff nach ihrer Taille und versuchte, bei dem leichten Schmerz bei der Nutzung seines Arms nicht zu zucken. Dieser Bastard hatte ihn tief getroffen. Wyatt hat Lucy sorgfältig darüber ausgefragt, und hatte jedes Stück Information über ihre Dates mit Kurt Hughes und die Besessenheit des Mannes aus ihr herausgequetscht. Der Idiot wusste es nicht, aber er war bereits ein toter Mann.

„Du bist so bedürftig", seufzte Lucy.

Lucy setzte sich an den Rand des Betts und warf ihm einen sorgenvollen Blick zu. Wyatt zog ihre Hand auf seinen Schoß und rieb an ihrem Handgelenk Kreise mit seinem Daumen. Seitdem er im Krankenhaus aufgewacht war und Lucy in seinen Armen vorgefunden hatte, hatte er keine Ausreden mehr erfunden, um sie zu berühren, ihre weiche Haut zu spüren und zu sehen wie sie unter seinen Berührungen zitterte. Er wollte mehr, aber er wusste, er sollte Lucy nicht drängen, ehe er nicht ganz genesen war.

„Es tut mir leid, dass ich so ein Arsch bin, ich kann keine weiteren Pillen mehr nehmen. Sie machen mich müde und ich muss scharfsinnig sein. Hughes ist irgendwo da draußen und wartet darauf, dass du unbewacht bist", sagte Wyatt.

„Ich glaube die beiden Bodyguards in meinem Wohnzimmer können damit umgehen, bis du gesund wirst. Außerdem sind Luke und Aubrey schon zwei Mal hier gewesen, seit du aus dem Krankenhaus gekommen bist", sagte Lucy und warf ihm einen langen Blick zu.

„Ja, aber niemand wird dich so schützen, wie ich das will", sagte Wyatt und sein Ton wurde andeutender und besitzergreifender, als er beabsichtigt hatte. Er konnte bei Lucy seine Fassung nicht wahren, nicht ein bisschen.

„Wyatt ...", zögerte Lucy und ihr Mund zuckte. „Ich will, dass du mir erzählst, was du weißt. Die Dinge sind außer Kontrolle geraten und wir wurden beide verletzt. Kannst du mir bitte sagen, woher du wusstest, dass Kurt mich angreifen würde?"

Wyatts Mund wurde trocken. Sein erster Instinkt war, sich zu entziehen und Lucys Hand loszulassen, damit sie nichts mehr sagte. Aber dann merkte er, dass er ihre kleine Hand mit seiner eigenen bedeckte, er wollte ... Vertrauen? Verständnis?

„Du würdest es mir nicht glauben, wenn ich es dir sage", sagte er und meinte es genau so. Wer könnte schon Wyatts verrückte Geschichte hören und diese einfach so akzeptieren?

Lucy bewegte ihre Hand und verschlang ihre Finger mit seinen und hielt ihn mit ihrem Blick an Ort und Stelle.

„Du hast mir gesagt, du bist nicht hier, weil du für irgendjemand anderen arbeitest. Du hast mir gesagt, deine Quelle ist persönlich und du hast deine Gründe, warum du mich beschützt. Ich glaube ... ich glaube, das heißt, du sorgst dich um mich, oder nicht?"

Wyatt schluckte und senkte seinen

Blick. Er nickte, und fühlte sich wie ein Feigling.

„Ich verstehe nicht, wie du dich um mich sorgen kannst, aber dich weigerst, mich kennenzulernen. Oder dass ich dich kennenlernen darf. Willst du mich aufklären?"

Wyatt schluckte und senkte seinen Blick. Er nickte und fühlte sich wie ein Feigling.

„Ich kann nicht, Lucy. Es ist zu ...", begann er und suchte nach den richtigen Worten.

„Persönlich", sagte Lucy und ihr Blick wurde sauer. Sie zog ihre Hand aus seiner und stand auf. „Ich denke, ich bedeute dir nicht ganz so viel, wie ich gedacht habe."

Wyatt griff nach Lucys Taille, als sie sich zum Gehen umdrehte. Er zog sie aufs Bett, schon fast auf seinen Schoß und nahm ihr Kinn in seine Hand. Ihre Augen wurden weit, als sie ihn ansah, Bedürfnis und Schmerz zogen über ihr Gesicht, ihre Lippen teilten sich und ihre

Hände kamen hoch, als ob sie ihn wegschieben würden. Ehe er verstand, was er tat, lehnte Wyatt sich herunter und glitt mit seinem Mund über ihren und schluckte den kleinen überraschten Schrei, der Lucys Lippen entglitt. Er hielt ihr Gesicht zärtlich fest, während er sie küsste, sie schmeckte und sich bewusst wurde, wie zart sie sich in seinen Händen anfühlte. Lucy versteifte sich zuerst, dann wurde sie weich und ihre Lippen teilten sich für ihn. Gaben sich ihm hin.

Wyatt kam näher, neigte ihren Kopf, um den Kuss zu vertiefen, seine Zunge spielte mit ihrer und bewegte sich in besitzergreifenden Stößen. Lucys Hand klammerte sich an seine Schulter, die andere schlang sich um seinen Nacken. Sie drückte sich an ihn, ihre Brüste stießen an seine Brust.

Der Kuss wurde wild, Lucy griff Wyatts Shirt, als eine seiner Hände sich senkte, um ihre volle, schwere Brust zu berühren. Wyatt nibbelte an ihrer Unterlippe, und brachte ein Stöhnen von irgendwo in Lucys Brust hervor, das Geräusch machte ihn wild vor Hunger.

Wyatt Verstand setzte für einen Moment aus und er hatte das Gefühl, dass er ein Déjà-vu hatte. Er hatte den Moment bereits erlebt, er hatte davon geträumt, es vorher gelebt.

Er zog sich mit einem Seufzen zurück und starrte auf Lucys leidenschaftlich errötetes Gesicht, während sie sich ihre vollen Lippen leckte und einen letzten Geschmack von Wyatt dort vorfand.

„Wir können das nicht tun", sagte er und hasste sich selbst, sobald er die Worte ausgesprochen hatte.

„Warum nicht?", Lucy ließ ihre Hand über seinen Körper fahren und auf seinen Schoß fallen, ihre Fingerspitzen fuhren über seine Erektion. „Du willst mich. Ich will dich. Veralber mich nicht, Wyatt."

„Lucy", sagte er und nahm ihre Hand und zog sie weg, obwohl er nichts mehr wollte, als dass sie ihn weiter entdeckte. „Du solltest mich nicht wollen. Das kannst du nicht. Wenn wir das weiter machen, wird es dein Leben ruinieren."

Lucys Augenbrauen schossen vor Überraschung in die Höhe.

„Wovon redest du?", fragte sie.

Wyatt lachte, er nahm an, es war Zeit, ihr alles zu erzählen, ihr genau die Gefahr zu erklären, die diese starke Attraktion bringen würde.

„Es hat bereits angefangen", sagte er und schüttelte seinen Kopf.

„Was hat angefangen? Wyatt, ich verstehe nicht, worüber du redest", sagte Lucy und zog sich aus seinem Griff.

„Ich verletze dich bereits und wir haben noch nicht einmal gefickt."

Lucy warf ihm einen langen Blick zu, aber Wyatt schüttelt wieder seinen Kopf.

„Ich habe das bereits gesehen. Ich habe es vorhergesehen, könnte man sagen", erklärte er langsam und schaute sie an.

„Vorhergesehen. Wie ...", Lucy neigte ihren Kopf. „Wie ein Hellseher oder so?"

„Ich denke, so könnte man es sagen. Ich träume von Dingen und sie passieren. Ich sehe die Zukunft, als ob ich die olle Miss Cleo wäre oder so", Wyatt seufzte, senkte seinen Blick und fuhr sich mit seiner Hand über das Gesicht.

Lucy war erst still, ehe sie antwortete.

„Viele Menschen haben Träume. Oder Albträume oder was auch immer", sagte sie.

„Nicht so wie diese."

„Wyatt..."

„Wie glaubst du, habe ich dich gefunden, Lucy?", fragte Wyatt und schaute sie wieder an. „Diese Nacht im Krankenhaus, als du angegriffen wurdest?"

„Ich dachte ..." Lucy hielt inne. „Ich dachte, du kämst gerade aus dem Krankenhaus. Ein guter Retter."

Wyatt lachte.

„Auf keinen Fall. Ich bin dir bereits seit Wochen gefolgt. Ich träume seit Monaten von dir, aber ich habe versucht, mich fernzuhalten. Ich wollte nicht anfangen ...", er hielt inne und wedelte mit einer Hand.

„Mit was anfangen? Sagst du das ... weil du etwas über mich gesehen hast?", fragte Lucy und zog eine Augenbraue hoch.

„Ja. Wir verlieben uns Lucy. Wir ficken wie verrückt und wir sind so scheiß glücklich. Schon widerlich glücklich", sagte Wyatt und zuckte zusammen, als er sich an die Träume erinnerte.

„Und das ist ein Problem?", fragte Lucy und verschränkte ihre Arme. Ihr Blick war immer noch argwöhnisch und Wyatt hasste es, dass sie ihm nicht einfach glaubte. Wie es schien, waren die Dinge zwischen ihnen noch zu frisch für diese Art von Vertrauen,.

„Wir beginnen ein Leben zusammen. Und in der Minute, wo ich glaube, dass wir nicht mehr in Gefahr sind, passiert es."

„Was passiert?", fragte Lucy atemlos.

„Ich sterbe. Schmerzvoll, muss ich hinzufügen."

„Oh Wyatt ...", sagte Lucy und war immer noch baff. „Woher willst du wissen, dass du nicht nur träumst?"

„Weil die Träume, Visionen oder was auch immer ... Sie haben mich dazu geführt, zuerst meinen Brüdern zu helfen, um ihre Partnerinnen zu retten. Und dann haben sie mich hier zu dir geführt. Ich habe alles gesehen und ich weiß, dass es passieren wird. Ich weiß nur nicht genau, wann."

Lucy schien über seine Worte nachzudenken.

„Wenn wir nicht zusammen kommen, heißt das, du wirst nicht sterben?", fragte sie.

„Nein. Dafür ist es zu spät. Wenn ich heute gehe, werde ich trotzdem sterben. Ich bin mir nicht sicher wie, ich glaube bei einem Autounfall", sagte Wyatt sachlich.

„Du wirst nicht sterben", sagte sie

und griff nach seiner Hand. „Das lasse ich nicht zu."

Wyatt schaute sie an und war von ihrer ehrlichen Verzweiflung ganz berührt.

„Wirst du mich jetzt beschützen?", fragte er und ein Lächeln umspielte seine Lippen, trotz seiner Angst.

„Ich glaube ... Wyatt, ich glaube, da ist etwas Wichtiges hier zwischen uns", sagte Lucy und ihre grauen Augen schimmerten vor Gefühl. „Wir könnten, ich weiß nicht. Wir könnten weggehen, irgendwohin, wo es sicher ist."

„So funktioniert das nicht", sagte er und drehte ihre Hand herum und rieb mit seinen Fingerspitzen über ihre weiche Handfläche. „Schicksal ist Schicksal. Deswegen bin ich hier und beschützte dich. Um dich zu beschützen, muss ich nahe sein. Und ich kann dir nicht widerstehen, ich kann nicht der Chance widerstehen, dich zu haben, selbst wenn ich weiß, dass ich am Ende dabei verletzt werde."

„Ich dachte, du hast deinen eigenen Tod im Voraus gesehen", sagte Lucy sanft.

„Ja, aber ich habe auch das Nachspiel gesehen, als ich tot war. Du hast es nicht ... gut verarbeitet. Unser Band ist zu tief, zu schnell und der Verlust bringt dich beinahe um."

Wyatt dachte an die Dutzend Visionen die er hatte, alles Eindrücke von Lucy nach seinem Tod. Alleine, ängstlich und nicht in der Lage, weiter zu machen. Er blinzelte, fühlte die Wärme auf seinem Gesicht und bemerkte, dass eine einzige Träne über seine Wange lief.

„Wyatt", sagte Lucy, kam näher und legte ihre Arme um seinen Nacken. Sie legte ihren Kopf auf seine Schulter, fuhr mit ihrer Hand seinen Rücken hoch und runter und beruhigte ihn. „Es wird alles gut sein, ich verspreche es."

Ihre Nähe, die Zärtlichkeit, die sie ihm gegenüber zeigte, machte es nur noch schlimmer. Wie konnte er sich von ihr abwenden, wissend was sie haben würden? Wissend, dass er nur noch ein paar Monate auf der Erde übrig hatte, wenn überhaupt, wie konnte er ihnen die Chance verwehren, ein wenig Glück zu finden?

Nach ein paar Minuten fühlte er sich ruhiger und fokussierter. Er hatte sich mit seinem Schicksal abgefunden, ja. Aber er war gewillt, zu versuchen, etwas mit Lucy zu haben, sich ihr mitzuteilen, solange er es noch konnte.

„Selbst wenn es heute wäre ...", murmelte Lucy und ihr Gesicht vergrub sich an seinem Hals. „Selbst wenn du jetzt gehst, hat sich bei mir schon was verändert. Das weißt du oder?"

Wyatt legte einen Arm um sie und umarmte sie fest, und schob damit den Schmerz weg, der bei dem Gedanken, sie schon bald zu verlieren, sein Herz zusammenzog. Ihre dunklen Locken kitzelten seine Nase und er holte tief Luft und atmete ihren süßen Duft ein. Gott, er war so verliebt in sie, es war schon fast peinlich.

„Ich hätte die Zeit, die wir schon miteinander hatten, nicht verschwenden sollen", gab er zu. „Ich will dich, Lucy. Ich will dich so sehr. Ich ... ich will einfach nur, dass wir die Dinge im Moment langsam angehen. Körperlich mein ich."

Lucy zog sich zurück und schaute ihn an, ihr Blick war traurig.

„Ich kann auch langsam", sagte sie und biss sich auf die Lippe.

Wyatt hielt einen Moment die Luft an, dann seufzte er.

„Ich habe noch eine weitere Krankheit. Wir müssen Vorkehrungen treffen."

„Wie was", fragte Lucy und neigte ihren Kopf.

„Verhütung", sagte Wyatt und sein Herz wurde schwer.

„Oh!", sagte Lucy und schaute überrascht. „Oh, Wyatt ich bin Ärztin. Ich nehme die Pille."

„Wir brauchen mehr als das", sagte er und hasste den Gedanken, aber er wusste, dass er sie nicht noch mehr belasten und ihr sein Kind hinterlassen konnte. Sie sollte alleine leiden, und nicht ihr Baby als eine Art Last großziehen und jedes Mal an Wyatt denken, wenn sie das Baby sah.

„Okay. Wenn du das möchtest", stimmte Lucy zu und warf ihm einen neugierigen Blick zu.

„Es ist das Beste", sagte er, aber er wollte nicht weiter ausführen, was genau er damit meinte.

Sie waren einen Moment still und Lucy strich Wyatt eine Locke aus der Stirn.

„Du siehst erschöpft aus. Können wir uns einfach eine Weile hinlegen?", fragte sie.

Wyatt fühlte sich erschöpft, er ließ sich von Lucy aufs Bett ziehen. Er lag auf dem Rücken und Lucy kuschelte sich an ihn, ihre Knie auf seinem Schenkel, ihr Arm über seiner Brust. Das sanfte Geräusch von Lucys Atem machten ihn müde, ihr Geruch tröstete ihn und irgendwann schlief Wyatt ein.

12

Lucy hielt auf der Spitze eines steilen Bergs an und drehte sich um, um auf Wyatt zu warten. Er war in seiner Bärenform ziemlich leicht zu entdecken, mit der wunderschönen Cremefarbe eines Kermodebärs, besser bekannt als Geisterbär. Lucys eigener brauner Bär war nur halb so groß wie Wyatts, was nicht überraschend war, da sie in ihrer Menschenform 30 cm kleiner war.

Lucy hörte ein paar Sekunden, ehe Wyatt durch das dichte Gestrüpp eines Brombeerenbusches brach, ein Rascheln. Von dem dunklen Fleck um seine Schnauze nahm Lucy an, dass er zurückgeblieben war, weil er unterwegs genascht hatte. Wieder nicht überraschend – in den letzten zwei Wochen waren sie fast ununterbrochen zusammen gewesen und Lucy hatte sowohl bewundernd, als auch amüsiert zugesehen, wie Wyatt immense Mengen an Lebensmitteln verschlang. Er war ein riesiger Typ mit schlanker Muskulatur. Sie hatte ehrlich keine Ahnung, wo er die sechs Pfannkuchen und eine Beilage Speck hin tat, aber sie hatte ihn heute Morgen dabei beobachtet.

Die andere Sache, die sie entdeckt hatte, war wie besitzergreifend und ängstlich Wyatt wegen ihrer Sicherheit war, es ging so weit, dass er eine Waffe kaufte und sie dazu drängte, Unterricht im Schießen zu nehmen. Er bestand darauf, dass sie die Waffe dabeihatte, wenn sie nicht bei ihm oder im Krankenhaus war. Lucy hatte sie widerwillig in ihre Tasche gepackt und sie dort gelassen, sicher, dass sie nie einen Grund haben würde, diese zu nutzen. Dieses Ding jagte ihr Angst ein.

Lucy schaute sich um, während Wyatt auf sie zu trottete, sie versuchte festzustellen, wo sie sich befanden und wo ihre kleine Hütte war, die sie für das Wochenende gemietet hatten. Sie waren weniger als eine Stunde südlich von Olympia in Washington. Sie hatten den gestrigen Tag mit herumhängen verbracht und hatten mit Lucys Bruder Jared und seiner Partnerin, die in Olympia lebten, gegrillt. Es war ein fantastisches Wochenende, viel Platz, um in Bärenform herumzulaufen, aber Lucy wusste, dass sie zurück zum Haus und wieder nach Seattle mussten. Sie hatte morgen Frühschicht und sie wollte noch ein wenig schlafen, bevor sie anfing.

Sie schnüffelte an Wyatts Nacken und drehte sich um und lief in Richtung Hütte. Gott, sie hatte das gebraucht, die Kiefernbäume und die frische Luft und die Ruhe. Wyatt war überaus beschützend gewesen, sobald sie begonnen hatten, miteinander zu schlafen. Und mit schlafen meinte sie wirklich schlafen, sehr zum Missfallen ihrer armen, verschmähten Libido.

Wyatt folgte ihr zurück zu der Blockhütte, die sie gemietet hatten. Ihr Bruder und seine Partnerin waren bereits früher abgefahren und hatten Lucy und Wyatt ein wenig Zeit alleine gegeben. Lucy wollte sich verwandeln, sobald sie in den Garten gekommen war, und hatte gelacht, als ein nackter Wyatt ihr auf die Verandatreppe hinterher gerannt war.

„Lauf nicht vor mir weg", warnte Wyatt sie, was Lucy noch mehr grinsen ließ.

Wyatt holte sie ein, drückte sie gegen die dunkle Holztür, ehe sie hineinkonnte. Seine weiche, heiße nackte Haut brannte an ihrer von den Schenkeln bis zu ihren Schultern und er stöhnte kurz vor Lust, als die Länge seiner Erektion sich gegen ihre nackten Pobacken pressten. Lucy öffnete ihren Mund, um zu protestieren, aber Wyatts warme Lippen fanden den sensiblen Punkt an ihrem Nacken.

Als seine Zähne über ihre Haut kratzten und sanft zubissen, reagierte Lucys ganzer Körper. Ihre Brüste spannten sich an und die Nippel verwandelten sich in harte Punkte. Hitze sammelte sich zwischen ihren Schenkeln, zwei Wochen der angestauten Lust machten sie bei der kleinsten Berührung feucht und empfindlich. Lucy presste sich an ihn, presste ihren Po an seinen Schwanz und stöhnte, als Wyatts große Hände ihre Brüste umfassten.

„Wyatt...", keuchte Lucy. „Was machst du?"

Sie wollte ihn. Gott sie wollte ihn so sehr. Aber hier draußen? Die Erfahrung hatte sie noch nicht gemacht, und das machte sie nervös.

„Keine Sorge, Baby", flüsterte Wyatt an ihrer Haut und ließ sie zittern.

„Du machst mich verrückt, das machst du", beschuldigte Lucy ihn und atmete ein, als Wyatts Finger an ihren Nippeln zogen. Ihr Körper überflutete mit Hitze, eine direkte Linie von Lust brannte sich von ihren Brüsten bis in ihren Schoß.

„Ich kann dich riechen", sagte Wyatt und seine Stimme war ganz rau. „Du brauchst das, oder Baby?"

Lucy schnaubte ungeduldig und Wyatt knabberte wieder an ihrem Nacken.

„Benimm dich", warnte er sie. „Und sei ruhig."

Er griff ihre Hände und drückte sie an die raue Holzwand hoch. Eine große Hand fuhr an ihrem Arm hinunter über ihre Schulter und Finger neckten ihr Schlüsselbein. Dann fuhren seine Fingerspitzen ihre nackte Wirbelsäule herunter und kamen wieder hoch, um ihre runde Hüfte zu umfahren, ehe sie ihren Po umfassten.

„Du bist so verdammt heiß, Luce. So perfekt", murmelte Wyatt.

Lucy drehte ihren Kopf weit genug,

um ihn aus den Augenwinkeln sehen zu können. Seine blauen Augen glänzten vor Hunger, seine perfekten Schultern, Armen und die gerippte Brust, während er die Innenseite ihrer Schenkel von hinten berührte und ihre Beine auseinanderspreizte.

„Wyatt", sagte Lucy und ihre Stimme klang bettelnd.

Wyatts starke Finger knetete ihren Pobacken, streichelten ihre inneren Schenkel, und näherten sich ihrem schmerzenden Geschlecht. Sie hatte alles ordentlich getrimmt und sie schnurrte beinahe, als Wyatt mit den feinen Haaren auf ihren Schamlippen spielte. Seine Zähne fanden ihren Nacken erneut, während er einen einzelnen Finger an ihrem Spalt entlanggleiten ließ.

„Du bist so nass für mich, Luce", stöhnte er und glitt mit einem Finger in ihren engen, tropfenden Schoß.

„Ja!", erwiderte Lucy und stellte sich auf die Zehenspitzen und lehnte sich nach vorne. Sie presste ihr Gesicht gegen einen Arm, um ihm einen besseren Zugang zu gewähren. Er zog seinen Finger sofort heraus und ließ Lucy fluchen.

„Was habe ich über Geduld gesagt?", sagte Wyatt mit Belustigung in seiner Stimme. „Du bist so heiß gerade auf mich, dass ich doch alles tun kann. Oder Baby?"

Lucy keuchte, als Wyatt den Kopf seines dicken Schwanzes an ihren Eingang drückte, dann glitt er zurück und in Richtung ihres Hinterns.

„Wyatt!", rief sie. „Ich glaube nicht –"

Wyatt zog sich zurück, seine Hände fanden ihre Hüften und neckten ihre Brüste noch einmal. In Sekunden biss Lucy sich auf die Lippe und versuchte, nicht zu stöhnen. Als er sprach, konnte sie das dreckige Grinsen in seiner Stimme hören.

„Ich wollte das nur mal bemerken. Ich wette, ich könnte meine Zunge an dieser kleinen, heißen Klitoris nutzen, und dich damit so richtig verrückt machen, du wirst mich so sehr wollen, dass du mir alles gibst, solange du dabei kommst", sagte er. „Ich denke, du wirst mich früher oder später ranlassen. Du wirst es lieben, wenn ich deinen kleinen Arsch ficke, oder?"

Eine kleine Stimme in ihrem Kopf sagte ihr, dass sie wütend sein sollte, sich gegen seinen Ton und seine Einstellung wehren sollte, aber der Rest von ihr *liebte* es. Wyatt wusste genau, was er sagen musste, damit ihr Körper krampfte und tropfte und er wusste es auch.

Dieser Gedanke ließ den logischen Teil von Lucy an die Oberfläche kommen und sie wusste, dass man das Spiel zu zweit spielen konnte. Wyatt war genauso geil wie sie und eine Wende war nur gerecht. Lucy drückte sich gegen das Haus, zwang ihn einen Schritt zurück und dann drehte sie sich in seinen Armen.

Das Grinsen fiel ihm aus dem Gesicht und hinterließ nur noch den nackten Hunger, als Lucy einen Arm um seinen Nacken schlang und ihre Brüste an seiner Brust rieb. Sie wand ihre freie Hand um seinen Schwanz, leckte sich über die Lippen und starrte ihm direkt in die Augen, während sie seinem Schwanz eine lange, feste Streicheleinheit gab und mit ihrem Daumen über die dicke Krone kreiste, um die Flüssigkeit, die sie dort fand, zu verbreiten. Sie nahm all ihren Mut zusammen und redete ihm ebenfalls dreckig zu.

„Du bist so hart für mich", sagte sie und hielt den Augenkontakt. „Gott, ich wette, du kannst es nicht abwarten, mich zu ficken. Ich hatte über ein Jahr keinen Sex mehr, ich bin also wahrscheinlich enger, als alles, was du je hattest, vielleicht zu eng für so einen großen Schwanz –"

Lucy konnte ihre Neckereien nicht beenden. Wyatt zog ihre Hand von seiner Erektion und nahm sie hoch und warf sie im Höhlenmensch-Stil über seine Schulter. Er rannte ohne zu zögern ins Haus.

„Ich kann laufen!", protestierte Lucy, dann quietschte sie, als Wyatts große Hand mit einem rauen Schlag auf ihrem Po landete.

„Ich glaube, du hast genug geredet", knurrte Wyatt. „Ich weiß nicht, wo du gelernt hast, so zu reden, aber wenn du so sprichst, wirst du gefickt werden. Hart."

Seine Wörter hatten den beabsichtigten Effekt, und machten Lucy sprachlos. Im nächsten Moment trat Wyatts ins Schlafzimmer und warf sie aufs Bett und starrte sie an.

„Ich sollte dich an meinem Schwanz lutschen lassen, als Strafe für deinen kleinen dreckigen Mund", sagte er. „Vielleicht lernst du es, mich bis in deinen Hals zu nehmen."

Lucys Augen weiteten sich, aber Wyatt seufzte nur.

„Du hast Glück, dass ich nicht so lange warten kann", sagte er rundheraus.

Er ließ sie los und lockte sie mit zwei langen Fingern.

„Komm her", sagte er. „Schau mich an, mit deinem Hintern am Rande des Bettes."

Er stand stockstill, während Lucy gehorchte und näher kam. Wyatt teilte ihre Knie und stellte sich zwischen sie, sein Schwanz kam gefährlich nahe an ihr Gesicht, während er ihre Brüste streichelte, und ihre Nippel kniff. Zu ihrer Überraschung gab er ihr einen sanften Schubs, drückte ihren Rücken auf die Matratze und ließ sich dann zwischen ihren Beinen auf die Knie fallen.

„Oh ... du musst nicht –", begann Lucy und versuchte ihre Knie gegen seine plötzliche Nähe zu schließen.

„Habe ich nicht gesagt, du sollst aufhören zu reden?", murmelte Wyatt und nippte an dem Fleisch ihrer inneren Schenkel und ließ sie keuchen. „Als wenn ich meine Partnerin nicht kosten würde, wenn ich sie endlich ficke."

Lucy sagte nichts mehr bei dem Wort *Partnerin*. Wyatts Lippe streifte über ihren Hügel und sie zuckte zusammen.

„Entspann dich, Baby. Ich weiß, du willst, dass ich dich zum Orgasmus bringe", sagte Wyatt und nutzte zwei Finger, um ihre Lippen weit zu spreizen. Lucy hatte das noch niemanden zuvor tun lassen und sie fühlte sich verletzlicher, als es ihr gefiel.

In der Sekunde als die Spitze von Wyatts Zunge über ihre Schamlippen glitt und ihre Klitoris umkreiste, sprang Lucy beinahe aus dem Bett. Das Gefühl war so stark, und ließ ihre Klitoris vor Lust tropfen. Ihr Bauch war angespannt und fühlte sich warm und voll an.

Wyatt bewegte seine Zunge mit geübter Leichtigkeit, er wirbelte und saugte und machte dabei viele Geräusche, die Lucy ziemlich aufregend fand. Er stöhnte an ihrem Fleisch und sandte elektrische Stöße durch ihren ganzen Körper. Spannung baute sich in ihrem Körper auf und ließ ihre Beine zittern und ihre Fingernägel in seinen Körper krallen. Ihr Rücken drückte sich durch, und kippte ihre Hüfte direkt an die richtige Stelle.

„Oh, ich bin ...", murmelte Lucy. Sie war so nah, so nah dran ...

Wyatt glitt mit zwei Fingern in ihren Kanal, er war schnell und hart, er schnippte mit seinen Fingerspitzen an ihre innere Wand. Lucy explodierte mit einem Schrei und sie wurde einen Moment blass, während die heiße Lust durch jedes Nervenende fuhr.

Sie sackte zusammen, als Wyatt die Finger herauszog und einen sehr nassen Kuss auf ihre Innenschenkel drückte.

„Das war ... ", Lucy hielt inne und versuchte ihre Zufriedenheit in Worte zu fassen.

„Wunderbar? Keine Sorge, du wirst gleich noch mal kommen", sagte Wyatt, während er sich zufrieden auf dem Bett ausstreckte.

„Du bist so eingebildet", sagte Lucy und rollte ihre Augen.

Wyatt ließ seinen Blick auf seine Erektion fallen, die dort dick und lang an seinem Bauch stand. Er drückte sie und streichelte sie kurz und zog eine Augenbraue hoch.

„Du wirst gleich herausfinden, warum ich es verdiene, so eingebildet zu sein", stimmte er an. „Jetzt komm her, Frau."

Lucy schlängelte sich neben ihn. Wyatt fuhr mit seinen Fingern in ihr lockiges Haar, hielt sie still, während er ihr einen tiefen, bedachtsamen Kuss gab. Er ließ sie ihren süßen Saft auf seiner Zunge schmecken. Er ließ sie nur los, um sie auf seinen Körper zu ziehen, und zog sie hoch, bis er die Spitze ihrer Brüste mit seinen Lippen zu fassen bekam.

„Mmmm", sagte Lucy und bewegte sich, um sich auf ihn zu setzen. Sie drückte ihre Brüste in die nasse Wärme seines Mundes. Wyatt arbeitete mit seiner Zunge an ihrem Nippel und ließ die angenehme Spannung erneut in ihrem Körper aufkommen. Als er sich wieder auf die Matratze fallen ließ, war Lucy ganz verzweifelt und wollte mehr.

„Lucy", sagte er und griff ihre Taille. „Ich will, dass du zuerst oben bist. Du hattest recht damit, dass du so eng bist. Ich will dir nicht wehtun."

Lucy schaute ihn an, auf die eklatante Not, die auf seinem hübschen Gesicht zu sehen war, zusammen mit der Sorge in seinen Augen. Sie biss sich auf die Lippen und nickte und schaute zu, als Wyatt in Erwartung seine Lippen leckte. Wyatt hielt einen Finger hoch, der sagen sollte, dass sie warten sollte, dann griff er zum Nachttisch.

„Kondom", sagte er. Lucy erkannte schockiert, dass sie ihren kleinen Deal völlig vergessen hatte.

„Okay", sagte sie. Sie warf ihm ein schnelles Lächeln zu und überraschte ihn, indem sie das kleine Päckchen aus seinen Fingern nahm. Sie nahm es und nahm seine Erektion in eine Hand und zog das Kondom mit einer erfahrenen Hand über seine Länge.

„Gutes Mädchen", stöhnte Wyatt und stieß in ihre Hand.

Lucy bewegte sich, sodass der dicke Kopf seines Schwanzes ihren Eingang traf. Sie nahm ihn, Stück für Stück. Sie keuchte, als sie ihn zur Hälfte drin hatte.

„Du bist zu groß", stöhnte sie.

„Beweg dich ein wenig hoch und runter", sagte Wyatt und sein Körper war vor Mühe stillzuhalten angespannt. „Mach langsam. Ich verspreche dir, ich werde dich belohnen."

Mit warmen Wangen hob und senkte Lucy ihren Körper, sie hob ihn an und presste ihn herunter, dabei biss sie sich auf ihre Lippen, während Wyatts enorme Länge und Umfang ihren Körper streckte, es war schon fast schmerzvoll. Als sie schon fast am Ende von Wyatts Schwanz war, stöhnte er und griff nach ihren Hüften und drückte sie die letzten Zentimeter herunter und ließ Lucy aufschreien.

„Tut mir leid, Baby", Wyatt zog sie für einen langen tiefen Kuss, der sie atemlos hinterließ, zu sich herunter. Er ließ ihre Lippen los, schubste sie wieder nach oben und nutzte seinen Daumen, um ihre Klitoris zu suchen. Wyatts Blick bohrte sich in ihren, während er sanfte Kreise an ihrem Fleisch rieb und ihre Nippel hart machte. Ihr kurzes Unbehagen war vergessen und sie konnte nicht länger still sitzen.

Lucy bewegte ihre Hüften, zuerst sanft und dann härter. Sie atmete tief ein, erstaunt bei dem Gefühl von Wyatt in ihrem Körper. Er füllte sie so tief, sein Schwanz berührte jeden einzelnen sensiblen Zentimeter ihres Fleischs und entzündete das Feuer von innen nach außen.

„Scheiße", murmelte Wyatt, legte einen Arm um ihre Taille und warf sie beide aufs Bett.

Sobald Lucys Po das Bett berührte, glitt Wyatt so tief in sie hinein, dass Lucy sich klammerte und verkrampfte, ihr überstimulierter Körper kam dem Orgasmus nahe.

„Oh Gott", stöhnte sie.

Wyatt griff ihre Hüften mit seinen großen Händen und pumpte kurze, kontrollierte Stöße in sie hinein. „Verdammt Luce", fluchte er und die Muskeln zitterten in seinen Armen und in seinem Körper, während er sich bewegte.

Lucy konnte sehen, wie sich Spannung aufbaute, sowohl bei Wyatt und auch zwischen ihnen. Sie zwang sich, ihre Augen offen zu halten, sodass sie ihn sehen konnte und ein Blick von unendlich männlicher Zufriedenheit lag auf seinem Gesicht, während er sie fickte, sie näher und näher an den Rand des Wahnsinns brachte.

Er bewegte seine Hand zu ihren Schenkeln, neckte ihre Klitoris mit seinem Daumen, während er raus und rein stieß, sein Atem kam keuchend und schwer. Schweiß lag auf seinem wunderbaren Körper, und Lucy konnte nicht aufhören ihn anzufassen, ihre Nägel kratzen an seinen Armen und Schultern.

Wyatt zwickte ihre Klitoris, ohne sie

zu warnen und Lucy buckelte und schrie auf, als sie kam. Ihre Augen rollten nach oben. Wyatt zögerte keine Sekunde, er hob ein Bein über seine Schulter und eine Hand unter ihren Hintern, um sie hochzuheben. Der neue Winkel war so tief und intensiv, dass Lucys Körper sich schüttelte und der Atem in ihrer Brust zitterte.

Der Kopf von Wyatts Schwanz traf die perfekte Stelle in ihrem Körper, liebkoste ihre inneren Wände und ließ ihren lustgeschockten Körper sich zusammenziehen und klammern. Wyatt ließ seine Kontrolle fallen und fickte sie mit tiefen, wilden Stößen, sein Blick war stürmisch und feurig.

„Ich werde –", bekam Lucy raus, ehe sie erneut kam, angestrengt und seinen Namen schreiend, als jeder einzelne Zentimeter ihres Körpers sich zusammenzog und sie über ihre Grenze hinaus brachte.

„Scheiße, Luce. Scheiße du bist zu gut", rief Wyatt und rammte seine

Hüften in ihren Körper, sein Schwanz war so hart wie noch nie zuvor. Nach einem Moment zuckte er und pumpte in sie hinein und stieß seinen Samen heraus. „Ja, ja, Scheiße!"

Lucy war fertig, als Wyatt auf sie drauf fiel, er stützte sich mit seinen Armen ab, und umrahmte sie mit seinem Körper. Seine Lippen fanden ihre, sein Kuss war langsam und zart. Er holte tief Luft und zog sich mit einem Seufzen heraus, fiel auf die Seite und zog sie nah an sich.

„Verdammt, Luce. Du hast mich fast umgebracht", sagte er und griff nach den wilden, feuchten Locken, die auf ihrer Stirn klebten, um sie zurückzustreichen.

Lucy kicherte atemlos und küsste ihn wieder, Zufriedenheit erfüllte ihre Brust. Sie wollte diesen Moment aufbewahren, ihn irgendwo einsperren und für immer behalten. Sie lag in seinen Armen und es fühlte sich wie Stunden an, während sie sich in dem Nachhall der Magie sonnte, die sie zusammen erschaffen hatten.

13

Lucy wachte von ihrem leichten Dösen auf und setzte sich im Bett hin und fragte sich, warum sie alleine war.

„SCHEIßE!!" Wyatts Stimme kam aus dem Badezimmer und ließ Lucys Herz einen Satz machen.

Sie war sofort auf den Füßen und fand ihn im Badezimmer, wo er auf etwas in seiner Hand starrte.

„Was ist los?", fragte sie und ihr Magen senkte sich.

„Das scheiß Kondom ist kaputt gegangen", knurrte Wyatt und warf das Stück Latex in den Müll. „*Verdammter Scheiß.*"

„Wyatt du weißt, ich nehm die Pille", sagte Lucy und versuchte ihn zu beruhigen. Sie griff nach seiner Hand und zog ihn wieder ins Schlafzimmer. „Das ist doch nicht schlimm."

Als Wyatt sie an sah, war sein Blick beklommen, aber er sagte nichts.

„Lass uns zurück nach Seattle fahren, okay?", sagte sie und umarmte ihn kurz.

Wyatt nickte ihr kurz zu und zog sich zügig an und packte schnell seinen Koffer.

„Ich mache das Auto fertig", murmelte er und verschwand aus dem Zimmer.

Lucy seufzte und zog sich an. Sie zog ihre Jeans und einen leichten Pullover an. Sie schlüpfte in ihre Schuhe und nahm ihren Koffer und folgte ihm nach draußen. Wyatt erstarrte, als er sie sah und sein Blick wurde sofort finster.

„Warum trägst du das?", fragte er und stieß mit dem Finger auf ihren roten Kaschmirpullover.

„Äh ... es ist kalt?", sagte sie und warf ihm einen merkwürdigen Blick zu. Sie ging nach hinten zum Escalade und legte ihren Koffer in den Kofferraum, und machte ihn zu. Als sie wieder zu ihm zurückschaute, starrte er sie immer noch an.

„Du solltest etwas anderes anziehen. Dieser Pullover bringt Unglück", sagte er.

Lucy verschränkte ihre Arme.

„Ich habe ihn schon zwei Mal getragen, seit ich dich kenne. Er bringt kein Unglück", beharrte sie. „Außerdem mag ich ihn. Meine Mutter hat ihn mir letztes Jahr zu Weihnachten geschenkt."

Wyatt bedachte sie mit einem wütenden Blick, dann schüttelte er den Kopf und kletterte auf den Fahrersitz und schlug die Tür zu. Lucy stieg ins Auto und machte das Radio an. Sie ignorierte Wyatts plötzliche schlechte Stimmung.

Sollten Männer nicht nach dem Sex entspannter sein, dachte sie. *Nicht dass Wyatt in vielerlei Hinsicht ein normaler Mann wäre.*

Sie waren beide still auf der Rückfahrt und in ihre eigenen Gedanken versunken. Lucy brach endlich das Schweigen, als sie nur noch eine Meile von ihrem Haus entfernt waren.

„Macht es dir was aus, wenn wir am Laden halten? Ich glaube, ich brauche ein Glas Wein", sagte Lucy.

Sie konnte tatsächlich sehen, wie Wyatts Knöchel am Lenkrad weiß wurden.

„Ich glaube nicht, dass das eine gute Idee ist", sagte er und starrte gerade aus.

„Hey", sagte sie und berührte sein Knie. „Es ist alles in Ordnung. Wir müssen einfach unser Leben leben, Wy. Wir können nicht immer im Schatten leben."

Wyatt schaute sie eine Sekunde an, dann lenkte er ein. „Okay, aber du bleibst im Auto, während ich reingehe. Okay?"

Lucy warf ihm ein Lächeln zu.

„Okay." Wyatt fuhr auf den Parkplatz von Lucys bevorzugtem Lebensmittelladen und sie lächelte wieder. Er wusste anscheinend, wo sie ihren Wein am liebsten kaufte.

„Verschließ die Türen", sagte er und warf ihr einen ernsten Blick zu.

„Ja, Meister", neckte Lucy.

Er stieg aus und schloss die Tür und runzelte die Stirn. Lucy verschloss das Auto und setzte sich wieder in ihren Sitz. Wyatt zeigte mit einem Finger auf sie und trat mit einem kleinen Lächeln auf den Lippen ein paar Schritte zurück,.

In der nächsten Sekunde erschien eine dunkel gekleidete Person hinter ihm und schwang einen Baseballschläger. Die Zeit schien stillzustehen, Lucys Mund öffnete sich. Wyatt wich zurück und ein bekanntes Gesicht kam aus dem Schatten.

Kurt Hughes war wieder da und er würde Lucys Partner verletzen. Sie hörte ein leises, kehliges Geräusch und erkannte, dass es aus ihrer Brust kam, ein grausames Knurren. Sie versuchte, sich zu bewegen, aber ihre Glieder waren bleiern, während Kurt sich viel zu schnell bewegte.

Wyatt spannte sich eine Sekunde an, ehe der Baseballschläger die Rückseite seines Schädels traf. Lucy schrie, als Wyatt wie eine Stoffpuppe umknickte und nach vorne fiel.

„NEIN!", schrie sie fassungslos.

Lucy kratzte an der Tür und kämpfte darum, sie aufzumachen. Sie stieg aus, verzweifelt und unsicher, was sie tun sollte. Kurt Hughes starrte auf Wyatt, dessen Brust sich hob und senkte. Er ließ den Baseballschläger fallen, sodass Lucy einen Schritt auf ihn zu machte. Ihre Hände zitterten.

„Kurt ... ich bin hier. Wir können gehen", platzte es aus ihr heraus und sie versuchte die Aufmerksamkeit von Wyatt abzulenken. Wyatt stöhnte laut, er schüttelte seinen Kopf und bewegte sich ein wenig.

„Ich muss das tun, Lucille", sagte der Verrückte.

Lucy wollte ihn wegen ihres Namens korrigieren, dann hielt sie inne. Er war völlig verrückt und ihr Name war jetzt nicht das Thema, sie musste angreifen. Sie musste ihn beruhigen, nicht verärgern.

„Kurt", begann sie.

„Ich muss ihn töten. Das verstehst du oder nicht? Ich kann nicht zulassen, dass er uns trennt", sagte Kurt und neigte seinen Kopf in einem merkwürdigen Winkel. Die Verrücktheit in seinen Augen ließ Lucys Herz zu Eis werden.

„Das musst du nicht tun, Kurt. Wir können überall hingehen, tun was immer du willst", sagte sie und ihre Stimme brach, als sich Tränen in ihren Augen bildeten.

„Nein, nein. Du liebst ihn. Das sehe ich. Ich bin nicht doof", sagte er. Er griff in seine Tasche und zog ein böse aussehendes Messer heraus und murmelte dabei vor sich hin.

„Das tu ich nicht! Wirklich nicht, ich schwöre!", sagte Lucy und ihre Stimme erhob sich bei der Panik, die in ihrer Brust saß. „Bitte Kurt. Ähm ... wenn du erwischt wirst, können wir nicht zusammen sein. Davor hab ich Angst. Das würdest du doch nicht wollen oder?"

Kurt schaute kurz zwischen Lucy und Wyatt hin und her, dann grinste er und schüttelte seinen Kopf.

„Du bist klug, deswegen mag ich dich so sehr", sagte er schon fast in Gesprächslaune. „Dr. Lucy. Ich kann sehen, dass du lügst. Ich weiß es."

„Kurt, nein!", sagte Lucy.

Kurt beugte sich über Wyatts Körper und stieß das Messer in Wyatts Körper. Lucys Gedanken waren einen Schritt voraus und sie rannte zum Auto, riss die Tür auf und nahm ihre Tasche. Sie schmiss den Inhalt heraus und griff nach der Waffe, als sich eine merkwürdige Taubheit sich in ihren Venen ausbreitete.

Kurt erhob sich von Wyatts leblosen Körper, als Lucy sich von hinten näherte. Er sah die Waffe und wurde bleich, dann hob er das Messer.

„T-tu das nicht Lucille. Verletze mich nicht", sagte er und sah ängstlich aus.

„Du hast ihn getötet. Dann hast du mich getötet", sagte Lucy und ihre Lippen bewegten sich viel zu schnell. Kurts schnaubte und er hob das Messer und machte einen Schritt auf Lucy zu. Lucy drückte ihren Finger auf den Abzug. Einmal, zwei Mal. Das Geräusch war betäubend, die Waffe zuckte in ihrer Hand und das Gefühl des heißen Metalls erschreckte sie. Kurt fiel schreiend zu Boden, und hielt sich den Schenkel.

Lucy ließ die Waffe los und sie fiel auf den Boden. Sie warf sich auf Wyatt. Sie ging in den Arztmodus, auch wenn Tränen drohten, sie zu überwältigen. Sie überprüfte seinen Puls und untersuchte die große Stichwunde an seinem Rücken. Sie wusste, was diese Wunden bedeuteten, nämlich das es fast keine Chance gab, dass Wyatt überleben würde.

Lucy riss sich schluchzend ihren roten Pullover herunter. Sie drängte die Selbstbeschuldigungen, die sich in ihr Gehirn ergossen, zurück, drängte ihre Angst und Wut zurück und versorgte seine Wunden, so gut sie konnte. Sie sah mehrere Leute näher kommen und rief ihnen zu.

„Ruft den Notruf bitte!", schrie sie und konnte ihren Blick von Wyatt nicht abwenden. Ihr Partner, ihre Liebe, lag neben ihr auf dem Bürgersteig und seine Lebenskraft schwand, sein Puls wurde schwächer.

Lucy drehte ihn vorsichtig um. Sie begann mit der Wiederbelebung und betete dabei, sie betete laut zu Gott, verzweifelt auf ein Wunder hoffend, wissend, dass es nicht möglich war. Wyatts

Puls wurde schwächer, während sie an ihm arbeitete und auf einmal verstand sie seine Ängste.

Wenn Wyatt tot war, würde Lucy das nie überleben.

14

Vierzehn

Tot

15

Bruchstücke, weiß glühender Schmerz, der aus der Mitte von ... irgendwas kam. Es hörte auf, dann fing es wieder an, rüttelnd, stoßend, vibrierender Schmerz. Schmerz, Stille. Schmerz, Stille. Dann war alles weg, wurde weggezogen, der Schmerz und jegliches weitere Gefühl. Es gab nur noch reine, endlose Dunkelheit immer weiter und weiter. Auf irgendeine Art war das tröstlich.

Er war sich ziemlich sicher, dass er ziemlich tot war. Er war auf irgendeine Art bei Bewusstsein, aber er konnte seinen Körper nicht *spüren*. Seine Gedanken drifteten immer wieder träge ab und er fragte sich, wie er hierhergekommen war. Da war etwas, an das er sich erinnern musste, etwas um das er sich kümmern musste ...

Wenn er nur denken könnte. Warum war er tot? Er war nicht traurig darüber oder so. Er hatte gewusst, dass sein Tod kommen würde. Also warum war er so unruhig und konnte nicht gehen? Er musste sich konzentrieren, an etwas denken, was ihm wichtig war.

Nach einem Moment kam ein Bild in seine Gedanken. Dunkle, kastanienbraune Locken. Wunderschöne Augen, in der Farbe eines aufkommenden Sturms. Ein wunderschönes herzförmiges Gesicht, zitternde Lippen, Augen weit vor Angst.

Partnerin.

Der Schmerz kam wieder und diesmal war er stärker. Er knisterte und elektrisierte ihn und plötzlich fühlte er sich erneut, er spürte, als wenn er mit dem Atmen Probleme hatte. Er konnte seine Augen nicht öffnen, konnte sich nicht bewegen, aber er konnte die Kälte seiner Glieder und Lippen fühlen, den Schweiß auf seiner Haut, den Druck auf seiner Brust, er spürte Knochen unter einem untragbaren Druck brechen.

Als die Schwärze erneut kam, ließ er sich von ihr herunterziehen.

16

Wyatt stöhnte. Der Schmerz zog ihn aus der Dunkelheit, schob sich in jeden einzelnen Riss seiner Seele. Er war sich ziemlich sicher, dass der Tod friedlich sein sollte, aber das hier tat weh wie Hölle. Er konzentrierte sich einen Moment und erkannte, dass er diesmal seinen Körper spüren konnte. Er testete es aus, indem er seine Fingerspitzen und Zehen bewegte, dann leckte er sich über seine trockenen, gesprungenen Lippen. Seine Glieder fühlten sich schwer an, zu schwer, um sich aufzusetzen.

Sein Gehör kam mit einem sanften *Plop* zurück, das leise Surren und Piepen der Maschinen, die Stimmen in der Nähe. Wyatt öffnete seinen Mund, seine Zunge war wie Sandpapier und er wünschte sich verzweifelt Wasser. Er versuchte, seine Augen zu öffnen, aber sie waren fest verschlossen.

Mit großer Schwierigkeit hob er seine Hand zu seinem Gesicht, und fühlte die zwei Pflaster, die seine Augenlider geschlossen hielten. Er zog an ihnen und seufzte erleichtert, als der helle weiße Raum in sein Blickfeld kam. Ein wenig verschwommen, aber mit jedem Moment klarer. Auf jeden Fall ein Krankenhauszimmer.

Er versuchte, sich hinzusetzen und bemerkte, dass er zahlreiche Injektionsnadeln an beiden Armen hatte, befestigt an seiner Hüfte, seinem Innenarm, auf seinen Händen. In den meisten Schläuchen war klare Flüssigkeit, aber in einem sah es aus wie Blut.

„Mmph", war alles, was er herausbekam, weil sein Mund so trocken war und seine Zunge zu schwer zum Sprechen war.

Er drückte sich hoch und versuchte erneut, sich hinzusetzen, aber Schmerz durchfuhr seinen Körper. Er schrie auf, überrascht und missbilligend.

„Herr Beran?", sagte eine hübsche Brünette in blauem Kittel. „Ich bin Anna. Ihre Krankenschwester. Bitte überanstrengen Sie sich nicht. Sie hatten gerade eine große Operation. Lassen Sie mich Ihnen ein paar Kissen bringen, wenn Sie sich hinsetzen wollen."

Wyatt zuckte zusammen, als die Krankenschwester sich näherte, und ein paar Kissen von einem Stuhl neben seinem Bett nahm. Sie legte die Kissen hinter seinen Rücken und fuhr das mechanische Krankenhausbett in eine sitzende Position, aber Wyatt konnte trotz ihrer sanften Ausführung ein Stöhnen nicht unterdrücken.

„Ich hole den Arzt, okay?", sagte sie, sobald sie ihn hingesetzt hatte.

Wyatt tippte ihren Arm und zeigte auf den Wasserkrug am Nachttisch, dankbar als sie ihm etwas in den Becher goss und ihm beim Trinken half.

„Besser?", fragte sie.

„Ja", krächzte Wyatt.

Sie drehte sich zum Gehen um, aber Wyatt griff ihre Taille.

„Lucy. Wo ist Lucy?", krächzte er.

„Dr. Summer? Sie schläft in einem Bereitschaftszimmer. Ich muss Ihnen sagen, Herr Beran, ich kenne Dr. Summer nicht persönlich, aber Sie haben ganz schön viel Glück. Ihre Frau hat Ihnen das Leben gerettet, Herr Beran."

Frau, dachte Wyatt.

„Ihre Familie ist auch hier", sagte die Krankenschwester und entzog sich seinem Griff und tätschelte ihm den Arm. „Ich sage ihnen Bescheid, dass sie Sie sehen können, sobald der Arzt sein Okay gibt."

Sie fuhr den Tisch mit den Rollen näher ans Bett heran und goss Wyatt noch mehr Wasser ein, dann eilte sie davon und schloss die Tür hinter sich. Schon bald danach kam ein Arzt herein.

„Das war aber knapp, Herr Beran", sagte der ältere Herr. „Drei Stichwunden am unteren Rücken, eine davon hat ihre Niere beschädigt. Sie haben zu schnell, zu viel Blut verloren und Ihr Herz hat aufgehört zu schlagen. Ihre Frau hat Wiederbelebung angewandt und Sie für mindestens zwanzig Minuten am Leben gehalten, ehe der Krankenwagen gekommen ist. Wir haben Sie direkt in den OP gefahren und Ihre Niere retten können."

„Wie lange bin ich hier? Wann kann ich meine Par – meine Frau sehen?", korrigierte Wyatt sich selbst.

Der Arzt warf ihm einen langen Blick zu.

„Sie haben viel Blut verloren und Sie müssen mindestens eine Woche hierbleiben, damit Ihre Wunden heilen. Was Ihre Frau angeht ... Ich muss Ihnen sagen, Herr Beran. Frau Summer hat für fast zwanzig Minuten Wiederbelebungsmaßnahmen angewandt, ehe der Krankenwagen gekommen ist. Sie hat Ihr Leben gerettet. Sie hat offenbar auch fast einen der Rettungssanitäter verstümmelt, als sie versuchten, Sie beide zu trennen", erzählte der Arzt Wyatt und sein Blick wurde streng. „Dr. Summer ist wirklich bemerkenswert. Ich nehme an, Sie schulden ihr viel."

„Ich weiß", sagte Wyatt einfach.

„Okay, ich habe die Krankenschwester geschickt, um sie zu holen. Ich werde nicht versuchen, Sie zu trennen, ich will ja nicht das nächste Opfer Ihrer Frau werden", sagte der Arzt mit einem durchtriebenen Lächeln.

„Nein. Sie ist rauflustig", sagte Wyatt und war optimistisch bei dem Gedanken Lucy zu sehen.

„Passen Sie auf sich auf, Herr Beran", sagte der Arzt. „Ich habe ziemlich hart daran gearbeitet, sie wieder zusammenzuflicken."

Damit war er weg und Lucy kam ein paar Minuten später und sah erschöpft und ramponiert aus, aber auch schöner als Wyatt sich denken konnte. Sie schlitterte halb durch den Raum, trug einen zerknitterten Kittel und ihre Locken standen wild um ihren Kopf ab. Als sie Wyatt sah, der im Bett saß, brach Lucy in Tränen aus.

„Luce", sagte Wyatt und hob einen Arm, um sie zu sich zu ziehen.

„Du!", weinte sie und setzte sich neben ihn aufs Bett und warf ihre Arme um seinen Hals. „Tu mir das nie nie wieder an!"

„Es tut mir leid", sagte Wyatt verwirrt. „Ich wollte nicht verletzt werden."

„Ich dachte, ich hätte dich verloren", flüsterte Lucy und drückte einen Kuss auf seinen Nacken.

Wyatt atmete tief ein und fand Trost in ihrem Duft und in der Wärme ihres Körpers neben seinem.

„Ich auch Baby", sagte er. „Ehrlich, ich erinnere mich nicht wirklich daran, was passiert ist."

Lucy biss sich auf ihre Lippe und schüttelte ihren Kopf.

„Ich wünschte, ich könnte es vergessen. Du bist fast auf meinem Schoß verblutet. Es war schrecklich", erzählte sie ihm.

„Danke, dass du mir das Leben gerettet hast", sagte Wyatt.

Lucy wich ein wenig zurück und schaute ihn merkwürdig an.

„Wyatt .... Du musst mir nicht dafür danken. Ich konnte dich nicht sterben lassen. Du bist mein Partner", sagte sie, als wenn das offensichtlich wäre.

„Und du bist meine Frau, wie ich höre", sagte Wyatt und er grinste bei seinen Worten.

Lucy wurde rot.

„Na ja ich musste ihnen sagen, dass wir verheiratet sind, damit ich die medizinischen Entscheidungen für dich treffen kann. Ich ... ich hoffe, das macht dir nichts", sagte sie und sah ihn verlegen an.

Wyatt lachte.

„Nein überhaupt nicht. Besonders nicht, weil ich das Wirklichkeit werden lasse, sobald wir hier rauskommen."

Lucy wurde noch röter und lehnte sich für einen Kuss herüber.

„Das würde mir gefallen", sagte sie.

Wyatt zögerte, ein trauriger Gedanke kam ihm in den Sinn.

„Was?", fragte Lucy. „Hast du schon Zweifel?"

„Nein", sagte Wyatt und schüttelte seinen Kopf. „Es ist nur ... Als dein Stalker mich angegriffen hat, ich dachte ... ich dachte, es wäre vorbei. Du wärst zumindest frei, sobald ich gestorben wäre. So viel habe ich gesehen. Aber jetzt sind wir immer noch in derselben Situation. Ich frage mich, wann er wieder auftaucht."

Lucy entzog sich ihm eine Sekunde, ihr Ausdruck wurde verächtlich.

„Das bezweifel ich doch sehr", sagte sie.

„Lucy, ich weiß du traust meinen Visionen nicht, aber ich weiß, was in der

Zukunft passiert. Ich sterbe", sagte Wyatt und versuchte seinen Ton sanft zu halten.

„Du bist ein Idiot", knurrte Lucy. „Wenn du nicht so bandagiert wärst, würde ich dir jetzt eine reinhauen."

„Was?", fragte Wyatt überrascht. Er hatte Lucy noch nie so sprechen hören.

„Du *bist gestorben*. Direkt vor mir. Dein Herz hat aufgehört zu schlagen und ich musste mehrere deiner Rippen brechen, damit es wieder anfing", sagte sie und neue Tränen bildeten sich in ihren Augen.

Wyatt öffnete seinen Mund und schloss ihn wieder. Er hatte keine Ahnung, was er dazu sagen sollte.

„Versprich mir", flüsterte Lucy und verschlang ihre Finger mit seinen, vorsichtig, um nicht seine Injektion zu berühren, „Versprich mir, dass du das nie wieder tust."

„Ich verspreche es", sagte Wyatt und ignorierte den Schmerz und zog sie in seine Arme. „Ich liebe dich, Lucy. Danke, dass du mich gerettet hast."

„Ich liebe dich auch", murmelte Lucy an seiner Brust.

Sie blieben eine Weile so sitzen und genossen einander einfach . Nach kurzer Zeit zog Lucy sich zurück und schaute zu Wyatt.

„Deine Familie will dich sehen", sagte sie.

„Luke und Aubrey?", fragte Wyatt.

Lucy lachte.

„Und ungefähr zehn andere Leute. Alle deine Brüder sind hier mit ihren Partnerinnen und deine Eltern sind natürlich auch hier."

Wyatts Augenbrauen schossen hoch.

„Wie lange war ich weg?", fragte er.

„Ein paar Tage. Ich habe deine Familie ein wenig kennengelernt. Luke hat mich vorgestellt". Lucy zögerte. „Ich muss es dir sagen, Wyatt ... Luke hat deinen Brüdern von den Visionen erzählt."

„Was? Warum?", wollte Wyatt wissen.

„Ich habe den Eindruck, dass mehrere von ihnen dir gegenüber eher negativ eingestellt sind, Schatz", sagte Lucy und leckte sich nervös über ihre Lippen. „Ich habe die ganze Geschichte nicht verstanden."

„Ah, ja", sagte Wyatt und schloss seine Augen. Er fühlte sich auf einmal sehr müde und sein Schmerz verstärkte sich mit jeder Minute. „Ich habe vielleicht ein paar Dinge getan, um das zu rechtfertigen."

„Wyatt", sagte Lucy. „Luke hat ihnen erzählt, was passiert ist. Wie du all diese Dinge getan hast, um ihre Partnerinnen zu retten. Niemand ist wütend auf dich, okay?"

„Mmmm", grunzte Wyatt. Als Lucy sich bewegte, zuckte er zusammen.

„Ich hole die Krankenschwester, damit sie dir mehr Morphium gibt", sagte sie.

„Warte", sagte Wyatt. Lucy hielt inne

und er zwang sich, erneut die Augen zu öffnen. „Ich meine, was ich vorhin gesagt habe. Du bist meine Partnerin. Wir werden die Zeremonie haben, die Papier unterschreiben, all das."

Lucy warf ihm ein sanftes Lächeln zu.

„Ich weiß, Baby", sagte sie und drückte seine Finger.

„Bleib noch eine Minute ja?", fragte Wyatt und wollte sie nicht gehen lassen, obwohl er schon wieder halb eingeschlafen war.

„Immer", sagte Lucy. Sie schmiegte sich wieder in seine Arme und legte ihren Kopf auf seine Schulter.

Nur dann konnte Wyatt seiner Erschöpfung und dem Schmerz nachgeben und in einen tiefen traumlosen Schlaf fallen.

17

Lucy stand im Badezimmer des neuen Hauses, das sie gerade mit Wyatt gekauft hatte. Sie zitterte und zuckte zusammen, als sie auf dem hellen gelben Kachelboden stand und kühle Füße hatte. Sie hatte sich noch immer nicht so gut an den eisigen Winter von Chicago gewöhnt, etwas, worüber sie und Lexie sich immer beschwerten, wenn sie ihre wöchentlichen Freundinnen-Treffen hatten. Sie arbeiteten nicht mehr im selben Krankenhaus, aber Lucy war begeistert, dass sie am Ende in derselben Stadt gelandet waren.

Sie rieb ihre Arme und starrte auf das Waschbecken, dann schaute sie zum fünfzehnten Mal auf die Uhr. Wyatt würde jede Minute nach Hause kommen, von einem Meeting im Büro und sie wollte nicht, dass er sie unvorbereitet erwischte. Jetzt wo er sich endlich von dem Angriff erholt hatte, bewegte sich der Mann wie eine verdammte Katze und erschreckte Lucy unbeabsichtigt mehrmals am Tag, wenn er aus dem Nichts aufzutauchen schien und ihren Nacken küsste oder ihrem Hintern einen Klaps gab.

Ihre Uhr piepte und sie griff nach dem Plastikstück auf dem Waschbecken. Sie schaute nicht weg. Sie setzte sich an den Rand der Wanne und nahm einen tiefen Atemzug, Tränen drohten bereits sie zu überwältigen. Sie war in letzter Zeit schrecklich emotional, obwohl das auch der Stress vom Umzug in die neue Stadt, der neue Job und der Hauskauf sein könnten. Es waren lange drei Monate gewesen. Sich auf die Enttäuschung vorbereitend schaute sie auf das Plastikstück. Ein blaues Pluszeichen starrte sie an und ihre Hand begann zu zittern. „Mist. Mist. Mist." Lucy war überwältigt und wusste nicht, was sie fühlen sollte. Sie war begeistert, aber es war so schnell! Tränen überkamen sie und sie schluchzte und ließ den Test auf den Boden fallen. Was würde ihr Partner denken? „Wyatt ..."

„Hast du gerufen?", kam Wyatts Stimme gedämpft durch die Tür.

Lucy schniefte und sprang auf und riss die Tür auf. Sie warf sich in die Arme ihres Partners und ein Schluchzer entwich ihrer Brust.

„Was ist los Baby?", fragte Wyatt perplex.

„Ich bin s-schwanger", stöhnte Lucy. „Wir sind doch erst einem Monat in dem Haus!"

Wyatt schob sie zurück.

„Hey, hey", sagte er und wischte die

Tränen von ihren Wangen. „Wir haben doch darüber gesprochen oder? Du hast entschieden, die Pille abzusetzen und der Natur ihren Lauf zu lassen. Das ist doch jetzt nicht überraschend oder?"

Lucy schaute zu ihm hoch.

„Du bist nicht sauer?", fragte sie unsicher.

„Nein, natürlich nicht", sagte Wyatt und küsste sie auf ihre Lippen. „Ich will alles, was du mir geben kannst, inklusive vieler vieler Babys mit Locken."

Lucy lächelte. Wyatt führte sie aus dem Badezimmer in die Küche, wo er im Kühlschrank wühlte und den biologischen Apfel-Ingwer-Kohl Saft, den Lucy liebte, fand und ihr ein Glas eingoss.

„Solange sie deine Augen haben, kann ich mit dem wilden Haar leben", sagte Lucy und nahm das Glas. Sie nahm einen Schluck und seufzte.

„Ich denke, sie werden perfekt sein, egal, wie sie sind", versicherte Wyatt ihr. „Ich nehme also an, jetzt fehlt nur noch eins."

„Und das wäre?", fragte sie und hob ihr Glas hoch und runzelte die Stirn.

Zu ihrem Schock ging Wyatt auf die Knie und holte ein winziges, hellblauweißes Kästchen hervor.

„Oh, Scheiße", sagte Lucy.

„Shhh", machte Wyatt. „Tu so als hättest du das nicht gesagt, wenn du den Leuten die Geschichte erzählst, okay?"

Sein Grinsen entspannte sie ein wenig, obwohl sie von dieser großzügigen Geste überrascht war.

„Okay", sagte sie. „Mach weiter."

Wyatt lachte und seine blauen Augen glänzten.

„Lucy Anne Summers, willst du mir die Ehre geben und meine Partnerin werden?", fragte er und öffnete das Ringkästchen, in dem ein riesiger Saphir mit glitzernden Diamanten lag, alle in Roségold.

„Natürlich will ich", sagte sie und eine neue Träne floss ihre Wange herunter. Sie wischte sie weg, als Wyatt ihre linke Hand nahm und den Ring sanft auf den Finger schob.

„Wir machen die Papiere so schnell es geht fertig und planen dann die Zeremonie. Was immer du willst, Luce."

„Alles, was ich will?", fragte sie neckend.

„Für die Frau, die mein Leben gerettet hat und mich vervollständigt? Alles", sagte Wyatt und stand auf.

„Im Moment glaube ich möchte ich, dass du mich ins Schlafzimmer bringst, Herr Beran", sagte Lucy und warf ihm ein freches Grinsen zu.

„Ihr Wunsch ist mein Befehl, Frau Beran."

Wyatt hob sie in seine Arme und trug sie davon. Lucys Herz war so voll von Wyatt und ihrem neuen Leben, dass in ihr wuchs. Sie hielt sich an ihrem neuen Partner fest und wusste, dass sie das glücklichste Mädchen auf der ganzen Welt sein musste.

EPILOG

Josiahs Fazit

KAPITEL 1

LUCY WACHTE MITTEN in der Nacht auf. Sie hatte von Wyatts Stimme geträumt und die hatte sich komisch angehört. Leise, beharrlich und angespannt. Sie zog ihre Nase kraus und versuchte sich daran zu erinnern, was sie geträumt hatte, aber ohne Erfolg. Sie rollte sich herüber und erschrak, als sie bemerkte, dass ihr Partner nicht neben ihr im Bett lag; Wyatt war so ein Tiefschläfer, er wachte fast nie mitten in der Nacht auf. Lucys erstes Jahr in der Spezialisierung in ihrem neuen Krankenhaus in Chicago machte ihre Schlafroutine nicht viel besser als das letzte Jahr ihrer Zeit als Assistenzärztin, aber zumindest war ihr Partner zäh genug, während ihrer ständigen Wachzeiten einfach weiter zu schlafen.

Sie stieg aus dem großen Bett, das sie und Wyatt bei ihrem Umzug nach Chicago ausgesucht hatten, und streckte sich. Sie lächelte ein wenig, bei dem köstlichen Schmerz in ihrem Körper; sie hatte Wyatt nach einem Baby gefragt und er hatte sein Bestes gegeben, um ihr den Wunsch zu erfüllen. Meistens, indem er sie gegen jede mögliche Oberfläche zu jeder Tageszeit drückte und sie seinen Namen schreien ließ.

Sie wurde ein wenig rot und zog sich das übergroße T-Shirt über, in dem sie oft schlief, das Gleiche wie Wyatts, das er ihr regelmäßig vom Körper zog. Sie zog es über und stapfte aus dem Schlafzimmer, sie dachte daran, wie froh sie war, dass Wyatt darauf bestanden hatte, die Böden im ganzen Haus zu heizen, um kalten Winter von Chicago Nächten wie der heutigen entgegenzuwirken. Als sie ins Wohnzimmer kam, konnte sie zuerst nur das verschwommene Bild der Lichter am Weihnachtsbaum sehen, welche auf die wunderschön verpackten Geschenke darunter schienen. Ihre Geschenke waren in so geringer Anzahl im Gegensatz zu Wyatts, dass Lucy fast sicher war, dass er sich über ihren Willen hinweggesetzt und ihr ein neues Auto gekauft hatte. Er beschwerte sich ständig über die mangelnde Sicherheit ihres alten Volvos. Als wenn das verdammte Auto ihm recht geben wollte, hatte es sich diese Woche schon zwei Mal geweigert zu starten, und hatte Lucy dazu gezwungen, ihren Partner für eine Fahrt zur Arbeit zu wecken oder ein Uber zu rufen, was Wyatt verboten hatte, weil er nicht wollte, dass sie bei einem fremden Mann im Auto saß. Oder bei überhaupt irgendeinem Mann, der nicht zur Familie gehörte. Ihr Partner war recht besitzergreifend.

Gähnend hielt Lucy mitten im Gehen an, als sie Wyatt an der Haustür stehen sah. Er war nur mit einer gestreiften Pyjamahose bekleidet und schaute aus dem bereiften Fensterglas in der Tür und Lucy nahm sich eine Sekunde Zeit, um seinen unglaublichen Körper zu bewundern. Dann drehte er sich um und der Blick auf seinem Gesicht ließ Lucy sofort hellwach werden.

„Es gibt noch keine weitere Information im Moment?", sagte Wyatt. Und es hörte sich an, als wenn er die Worte von jemandem wiederholte. Er sah sie und warf ihr einen langen Blick zu und ließ sie wissen, dass er so schnell wie möglich auflegen würde. „Ja. Okay ... Ja, ich verstehe Gavin."

Gavin? Die beiden Brüder verstanden sich jetzt besser, seit Wyatts Fähigkeiten als der Grund für seine Einmischung bekannt geworden waren, aber sie sprachen selten am Telefon miteinander. Etwas war passiert und es konnte nicht gut sein, wenn er zu so später Stunde mit jemandem sprach.

„Wir fliegen morgen gleich hin", sagte Wyatt. „Okay. Bis morgen."

Lucys Augen weiteten sich. Wyatt legte auf, seine breiten Schultern sackten ein wenig zusammen. Lucy ging sofort zu ihm und legte ihre Arme um ihn und umarmte ihn fest.

„Dein Vater?", fragte sie.

„Ja. Er ist im Krankenhaus", sagte Wyatt und seine Stimme war schwer vor Sorge.

„Was ist passiert?", fragte Lucy und ihre Stimme klang sanft.

„Er hat Krebs. Anscheinend hat er schon seit Jahren Krebs und wollte es niemandem sagen, außer Ma."

Lucy holte tief Luft. Wyatt würde es nie zugeben, aber der barsche alte Josiah war Wyatts Idol, der Mann, der er sein wollte.

„Lass uns packen gehen", sagte sie.

„Das kann bis morgen warten", sagte Wyatt niedergeschlagen.

Lucy zog sich zurück und schaute ihn an, sie stellte sich auf ihre Zehenspitzen und gab ihm einen unschuldigen Kuss auf die Lippen.

„Nein, Schatz. Das kann es nicht", sagte sie.

Sie nahm ihn an die Hand und führte ihn in Richtung Schlafzimmer, bereit die Reise so bald wie möglich zu beginnen.

―――

Kapitel 2

„Schönheit vor Muckis", sagte Cameron und hielt die Tür für Lucy und Wyatt auf. „Keine gute Zeit für Witze", murmelte Wyatt und schaute seinen Bruder böse an.

Cameron zuckte die Schultern und rollte mit den Augen.

„Einige von uns nehmen ernste Situation mit Leichtfertigkeit", seufzte Cameron.

„Hör einfach damit auf, ehe Ma kommt, okay?", fragte Wyatt.

Lucy griff seine Hand und zog ihn mit. Wyatt starrte auf ihr herzförmiges Gesicht, die eisige Mauer, die er um sein Herz gebaut hatte, schmolz sofort bei dem Blick in ihre Augen. Irgendwie sah sie wunderbar und gefasst aus, trotz ihrer Eile beim Packen, um den erstbesten Flug zu buchen. Anscheinend hatten Cameron und Alex dasselbe getan, denn sie hatten am Terminal gewartet, als Lucy und Wyatt eingetroffen waren.

„Es wird alles gut werden", sagte Lucy. Wyatt zog sie an sich und küsste sie und wünschte sich, dass nur sie beide damit umgehen mussten, sie beide alleine. Lucy kannte ihn, sie wusste, wie er tickte. Aber seine Brüder ... das war dürftig.

Lucy zwinkerte ihm zu und zog ihn hinter sich her und folgte Cameron und Alex. Cameron hatte Pa's Zimmernummer und eine vage Richtung von Gavin bekommen und sie schafften es auf das richtige Stockwerk zu kommen, ohne sich zu verlaufen. Die erste Person, die Wyatt sah, war Aubrey, die alleine auf dem Flur stand. Man konnte sie schwer übersehen, sie stillte ein aufgeregtes, rotgesichtiges Baby, das ziemlich genau die gleiche Farbe des kastanienbraunen Haares wie ihres hatte.

Sobald Aubrey sie sah, erhellte sich ihr Gesicht vor echter Freude, aber das Glück verschwand sofort wieder. Dann schrie das Baby in ihrem Arm erneut und sie verzog das Gesicht.

„Gen ist nicht wirklich glücklich und zufrieden", seufzte sie. Das Baby, Imogen Valerie Beran weinte hungrig, um Aubreys Worte zu unterstreichen.

„Brauchst du eine Pause?", fragte Alex sofort und eilte zu Aubrey, um sie zu umarmen. Lucy ging schnell hinterher. Lukes Partnerin war ein süßes, geselliges Ding. Ihm entging auch nicht die Art, wie Lucy Baby Gen anschaute, ihre Augen wurden riesig, als sie sich das kleine Mädchen anschaute. Wenn die Umstände anders wären, würde Lucy ihre Hände reiben und jedem voller medizinischer Details ihre eigenen Babypläne erzählen.

„Nein, nein", erwiderte Aubrey und warf Alex einen dankbaren Blick zu. „Sie hat gerade eine Phase, in der sie nur mich will. Es ist ein wenig anstrengend."

„Du Arme", kicherte Lucy.

„Alle sind im Familienwartezimmer. Sie haben die neusten Informationen. Ich kann mir im Moment nichts merken, sonst würde ich auch alles erzählen", seufzte Aubrey. Sie sah müde aus, aber auch sehr zufrieden, sodass Wyatt sich nicht allzu schlecht fühlte, sie dabei alleine zu lassen, wie sie das Baby schaukelte und liebkoste.

Aubrey hatte nicht gelogen; jeder war im Familienzimmer. Mehr als vierzig Menschen saßen in einem Raum für dreißig Personen und es war wie im Irrenhaus. Wyatt sah zuerst Gavin, der neben Faith saß, die aussah, als wäre sie im hundertsten Monat schwanger. Als Wyatts Gruppe eintrat, stand Gavin auf. Faith versuchte tatsächlich, aufzustehen, aber Gavin runzelte die Stirn und bedeutete ihr, sitzen zu bleiben. Ihre Erleichterung war offenkundig und gleichzeitig charmant.

Gavin zeigte auf eine Ecke, wo Ma zu dösen schien. Finn saß auf einer Seite neben ihr und hielt unbeholfen ein Kissen für Ma, an das sie sich anlehnen konnte. Seine Partnerin Nora saß auf der anderen Seite, ein Laptop lag geöffnet auf ihren Knien und sie starrte gebannt auf den Bildschirm.

„Da bist du ja", sagte Luke und näherte sich und klopfte Wyatt auf die Schulter. Luke und Cameron tauschten einen komplizierten Faustschlag aus und dann gab Luke Lucy und Wyatt eine kurze Umarmung. „Gut, dass ihr da seid." Camerons Blick glitt über seine Mutter, als wenn er sich fragte, ob sie wirklich schlief oder nicht.

„Gibt es Neuigkeiten?", fragte Cam und zog Luke auf die andere Seite des Raumes. Wyatt folgte mit Lucy auf den Fersen.

„Laut Ma ist er schon lange krank. So drei Jahre oder länger. Seine Behandlung vor 2 Jahren hat nicht angeschlagen..."

„Ungefähr zu der Zeit, als er gefordert hat, dass wir alle Partnerinnen suchen", vermutete Wyatt.

Luke nickte.

„Er ist zu Hause zusammengebrochen und jetzt sagen die Ärzte, dass die Chemobehandlungen ihn überfordern oder so. Er ... es geht ihm nicht gut, Wy."

„Mist", sagte Wyatt und fuhr sich mit der Hand über das Gesicht.

„Ja. Er sollte bald wach sein, denk ich. Er steht immer noch mit der Sonne auf, trotz allem", sagte Luke mit einem ironischen Lächeln auf seinen Lippen. „Er möchte zuerst mit uns und unseren Partnerinnen sprechen, ehe die anderen reingehen. Außer Ma, natürlich."

„Ha! Das möchte ich sehen, wie er sie raushält", schnaubte Alex. Alex schnaubte feinfühlig, der einzige äußerliche Hinweis darauf, dass sie durch Lukes Worte in irgendeiner Weise verärgert war. Sie spielte ihre Karten wie immer direkt aus.

Lucy dagegen warf sich halb in Wyatts Arme. Ihre kleine Statur zitterte, während sie versuchte, die Tränen zurückzuhalten, und Wyatt führte sie am Ende aus dem Wartezimmer. Lucy schaffte es gerade Mal, zehn Schritte an

Aubrey vorbeizugehen, als sie in hysterisches Schluchzen ausbrach.

„Es tut mir leid, es tut mir so leid", murmelte sie und verlor jegliche Kontrolle über sich selbst. Wyatt hob sie in seine Arme und trug sie den Flur herunter in einen leeren Sitzbereich. Er setzte sich hin und zog Lucy auf seinen Schoss. Er spürte die Tränen in seinem Gesicht, obwohl er sich ein wenig distanziert von ihnen fühlte. Lucys Reaktion zu sehen, machte ihn auf eine Art fertig, aber er wollte auch nicht versuchen sie zu trösten oder sie zu beruhigen. Wenn sie trauern wollte, dann würde er sie einfach nur halten. Das war alles, was er im Moment tun konnte, also musste das ausreichen.

Sie saßen ungefähr eine dreiviertel Stunde dort, obwohl Lucy sich nach nur ein paar Minuten beruhigt hatte. Wyatt dachte, vielleicht hatten sie beide ein wenig gedöst, als Noah seine Schulter drückte.

„Wir müssen rein", flüsterte Noah entschuldigend.

Wyatt blinzelte bei dem hellen Morgenlicht, dann weckte er Lucy sanft.

„Ist es ... können wir ihn sehen?", fragte Lucy. Ihre Augen schimmerten wieder mit Tränen und Wyatt umarmte sie sanft. Sie war genauso offen mit ihren Gefühlen, wie er verschlossen war, und irgendwie füllte sie damit bei ihm ein Loch, indem sie offen zeigte, was er fühlte, wenn er es nicht konnte.

„Ja, Baby. Lass uns gehen", sagte er.

Lucy stand auf und Wyatt folgte ihr. Sie versammelten sich vor der geschlossenen Tür, alle fünf Brüder von Wyatt und ihre Partnerinnen, plus Max, Baby Gen und die Namensgeberin des Babys, Wyatts Mutter. Luke räusperte sich und schob sich an allen vorbei zur Tür, Aubrey war direkt hinter ihm.

Luke warf der Familie einen letzten Blick zu und öffnete die Tür und führte alle in Pa's Zimmer. Wyatt und Lucy blieben ein wenig zurück und traten als Letztes ein. Wyatts Herz zog sich zusammen, als er seinen Pa ausgestreckt auf dem Bett liegen sah, mit Schläuchen und Injektionen und medizinischen Geräten überall an seinem Körper. Er trug eine Sauerstoffmaske aus Plastik, aber darüber glänzten seine Augen so hell wie immer. Wyatt spürte Lucy seine Hand drücken, ein Lebenszeichen in der plötzlichen Dunkelheit. Sie hickste und zitterte, aber hielt ihr Weinen zurück. Wyatt lies ihre Hand los und schlang einen Arm um sie, obwohl er nicht wusste, ob er sie oder sie ihn tröstete.

Ma setzte sich auf das Bett neben Pa. Sie sah ihn an und nickte, dann räusperte sie sich.

„Setzt euch", sagte sie ihre üblichen Worte auf. „Euer Vater ... möchte euch etwas sagen."

Sie versuchte krampfhaft, nicht zu weinen, und plötzlich war Charlotte mit

Taschentüchern zur Stelle, wie immer die hilfsbereite Krankenschwester. Ma zog die Sauerstoffmaske von Pa's Gesicht.

„Du kannst anfangen, Schatz", drängte sie ihn.

Pa holte Luft und schaute sich im Zimmer um.

„Ich war ... noch ... nie so ... stolz ... wie jetzt", keuchte er. Er zog sich die Maske auf und holte tief Luft, ehe er weiter sprach. „Ihr Jungs ... eure Partnerinnen ... meine ... Enkel..."

Er streckte Max, Noah und Charlottes adoptiertem Sohn eine Hand hin und streichelte den Arm des Jungen. Max, der ziemlich viel Zeit im Krankenhaus verbracht hatte, hatte kein bisschen Scheu und sprang zu Pa aufs Bett. Charlotte verlor die Fassung und drehte sich von der Gruppe weg, während sie sich in Noahs Armen vergrub.

„Ich möchte ... euch allen ... sagen ...", sagte Pa. „Luke ... perfekter ... großer Bru ... der ...ich bin so froh ...dass du ...

jemanden ... gefunden hast ... der dich vervollständigt ... Aubrey ... ich danke dir ... für ... meinen Sohn ... und meine ... Enkeltochter ..."

Aubrey wischte sich über das Gesicht und nickte, sie wippte noch immer auf den Zehen und drückte Baby Genny fest.

„Und Wy ... Wyatt.."

Wyatts Herz setzte aus.

„Du ... hast ... alles ...richtig gemacht. Liebe ... deine ... kleine... Ärztin."

Lucy drückte eine Hand auf ihre Lippen und schluchzte und Wyatt drückte sie fest.

„Gavin ... niemand hätte ... es ... besser gemacht ... Faith ... Du bist ... die treuste ... Sohn ... Bitte passe auf ... meine Zwillingsenkel ... auf."

Wyatts Augenbrauen schossen hoch, er hatte nicht gewusst, dass Faith Zwillinge in sich trug. Pa nahm einen weiteren Zug aus der Sauerstoffmaske.

„Zwillinge ... ihr beide ... habt mich überrascht ... ich bin ... so stolz..."

Noah und Finn weinten beide.

„Und Cam ... pass weiter ... so auf ... die Familie auf ... so wie jetzt ... und Alex ... gibt ihr ... alles ... sie verdient es ..."

Ma bestand darauf, dass Pa eine kurze Pause machte, aber er weigerte sich.

„Okay, okay", sagte Ma und versuchte sichtlich sich zusammenzureißen und scheiterte kläglich. „Lasst euren Vater sich ein wenig ausruhen."

Wyatt ging aus dem Zimmer und hielt Lucy fest an der Hand. All die anderen Paare zerstreuten sich und schienen von ihrem Partner Trost zu suchen. Wyatt und Lucy kehrten zu ihrem vorherigen Ruheplatz zurück und dösten bald erneut ein.

Die nächsten acht Stunden waren mit vielen Tränen und wenig Gelächter erfüllt, während die Familie sich an Pa's Leben erinnerte, die Zeiten, in denen er die Gesetze abgelehnt hatte oder seine Geduld verloren hatte oder kleine Fehler gemacht hatte. Pa schlief am frühen Abend ein, er hatte sich von allen verabschiedet und hatte alle seine Enkel noch einmal ein letztes Mal in den Arm genommen.

Kapitel 3

„Danke, dass ihr heute gekommen seid", sagte Gavin an der Vordertür der Lodge stehend. Er hielt ein Glas mit teuer aussehendem Champagner in der Hand, während er auf die über siebzig Leute schaute, die sich im Hauptzimmer des Hauses befanden. Die meisten Menschen waren drinnen und es waren noch mehr zur Beerdigung gekommen, aber siebzig war die maximale Anzahl, die im Moment körperlich anwesend sein konnte. Gavin räusperte sich und begann seine Ansprache über Pa und Wyatt war froh, dass er und Lucy es geschafft hatten, Stühle am anderen Ende des Zimmers zu ergattern, weil Lucy bereits vor Trauer in seinen Armen weinte.

„Es ist schön, so viele von euch hier

zu sehen", sagte Gavin. „Das spricht für das Leben meines Vaters und wie viele Leute er berührt hat. Er liebte die Berserker Gemeinde und sie liebte ihn .... Die meisten zumindest. Außer dann, wenn er merkwürdige Regeln aufstellte."

Es gab ein wenig Gelächter, wie Luke beabsichtigt hatte.

„Josiah Beran war ein Familienmensch. Er war nicht immer einfach. Er war schonungslos und wollte von niemandem Ratschläge außer von meiner Mutter, der Liebe seines Lebens. Aber in seinem Inneren wollte er immer nur eine glückliche, gesunde Familie. Und die Familie war viel größer als nur wir sechs Jungen. Es waren alle, die hier im Raum sind. Es waren alle, die auf seiner Beerdigung waren. Es war fast jeder, den er getroffen hat. Er wollte immer das Beste für alle."

„Ihr denkt vielleicht an die Entscheidung des Alpharats vor zwei Jahren, als jeder verfügbare Berserker eine Partnerin finden sollte. Ich denke, die meisten von uns wissen, dass mein Vater eine treibende Kraft hinter dieser Regel war. Ich sag euch, als ich das erste Mal davon gehört habe, war ich genauso geschockt wie ihr alle."

„Aber schaut, wo ihr heute seid. Dreht euch um und schaut eure Partner an, die Liebe eures Lebens. Wärt ihr beide jetzt hier, wenn mein Vater kein ungeduldiger, herrischer Besserwisser wäre?"

Noch mehr Gelächter.

„Vielleicht", sagte Gavin. „Vielleicht auch nicht. Ich sage euch, wenn er uns nicht dieses Speed Dating im ganzen Land aufgedrückt hätte, hätte ich meine Partnerin Faith nicht kennengelernt und ich würde nicht Zwillinge erwarten. Ich wünschte, ich hätte nie auch nur mit den Augen gerollt, als mein Vater uns riet, nein, uns *befahl*, Partnerinnen zu suchen. Das ist etwas, was ich nie wieder rückgängig machen will. Wegen meines Vaters ist mein Leben perfekt. Das Leben meiner Brüder ist perfekt."

„Ich meine, auf eine Art ist nichts perfekt. Aber in dem Sinn, dass wir alle geliebt werden, dass wir unsere Herzen einem anderen geschenkt haben und dass wir diese Liebe zehnmal zurückbekommen, jeden Tag, für den Rest unseres Lebens?"

Gavin hielt inne und ließ das sinken, dann hob er sein Champagnerglas.

„Lasst uns anstoßen auf Josiah Beran, einen der größten Männer, die ich je kennenlernen durfte, und auf den ich stolz bin, dass ich ihn meinen Vater nennen durfte", beendete er. „Prost!"

„Prost!", rief die Menge gefolgt von Applaus, Gelächter und aufgeregten Stimmen.

Wyatt schaute zu Lucy und bemerkte, dass sie endlich mit dem Weinen aufgehört hatte.

„Keine Tränen mehr?", fragte er.

„Keine Tränen. Ich glaube, das war der Abschied, den dein Vater sich verdient hatte, meinst du nicht?"

Wyatt zog seine Partnerin nah an sich und küsste sie.

„Du hast recht", stimmte er zu.

Lucy strahlte ihn an und Wyatts Herz wurde leicht. Es stimmte, was Gavin gesagt hatte, Wyatts Leben war tatsächlich völlig perfekt.

SCHNAPP DIR EIN KOSTENLOSES BUCH!

MELDE DICH FÜR MEINEN NEWSLETTER AN UND ERFAHRE ALS ERSTE(R) VON NEUEN VERÖFFENTLICHUNGEN, KOSTENLOSEN BÜCHERN, RABATTAKTIONEN UND ANDEREN GEWINNSPIELEN.

kostenloseparanormaleromantik.com

BÜCHER VON KAYLA GABRIEL

Alpha Wächter Serie

Sieh nichts Böses
Hör nichts Böses
Sprich nichts Böses
Überfall der Bären
Bärrauscht
Bär rührt

Red Lodge Bären

Josiah's Anordnung
Luke's Besessenheit
Noah's Offenbarung
Alpha Wächter Sammelband
Gavin's Erlösung
Cameron's Rettung

Finn's Überzeugung

ALSO BY KAYLA GABRIEL

Alpha Guardians
See No Evil
Hear No Evil
Speak No Evil
Bear Risen
Bear Razed
Bear Reign
Alpha Guardians Boxed Set

Red Lodge Bears
Luke's Obsession
Noah's Revelation
Gavin's Salvation
Cameron's Redemption
Josiah's Command
Finn's Conviction

Wyatt's Resolution

Werewolf's Harem

Claimed by the Alpha - 1

Taken by the Pack - 2

Possessed by the Wolf - 3

Saved by the Alpha - 4

Forever with the Wolf - 5

Fated for the Wolf - 6

Winter Lodge Wolves

Howl

Growl

ÜBER DEN AUTOR

Kayla Gabriel lebt in der Wildnis Minnesotas, wo sie, das schwört sie, Gestaltwandler in den Wäldern hinter ihrem Garten sieht. Ihre liebsten Sachen auf der ganzen Welt sind Mini-Marshmallows, Kaffee und wenn Leute ihren Blinker benutzen.

Tritt mit Kayla via E-Mail in Kontakt: kaylagabrielauthor@gmail.com und vergiss nicht, dir ihr KOSTENLOSES Buch zu sichern: http://kostenloseparanormaleromantik.com

http://kaylagabriel.com

www.ingramcontent.com/pod-product-compliance
Lightning Source LLC
LaVergne TN
LVHW011809060526
838200LV00053B/3717